삶의 詩
詩의 삶

삶의 詩 詩의 삶
강남국 엮음

초판 인쇄 2024년 09월 10일
초판 발행 2024년 09월 15일

엮은이   강남국
펴낸이   신현운
펴낸곳   연인M&B
기 획   여인화
디자인   이희정
마케팅   박한동
홍 보   정연순
등 록   2000년 3월 7일 제2-3037호
주 소   05056 서울특별시 광진구 자양로 73(자양동 628-25) 동원빌딩 5층 601호
전 화   (02)455-3987 팩스(02)3437-5975
홈주소   www.yeoninmb.co.kr
이메일   yeonin7@hanmail.net

값 15,000원

ⓒ 강남국 2024 Printed in Korea

ISBN 978-89-6253-579-2 03810

* 이 책은 한국장애인문화예술진흥원의 지원사업으로 제작비 지원을 받아 발간되었습니다.

삶의 詩
詩의 삶

강남국 엮음

좋은 삶만이 좋은 작품을 쓸 수 있음을 믿으며 시 읽는 행복을 당신과 나누고 싶습니다.

자아실현으로서 나의 글쓰기

'당신의 가장 놀라운 능력은 무엇입니까?'라는 질문을 받았을 때 나는 서슴없이 '사랑할 수 없는 나를 사랑한 것'이라고 대답했지요. 옆에 있던 몇몇이 고개를 끄덕였습니다. 그랬습니다. 나를 보석으로 만들지 않으면 세상 누구도 나를 사랑하지 않는다는 마음 하나로 달려온 세월이었네요. 평생 학문에 배가 고팠고 추억이 가난한 삶을 책으로 보상받으려 했습니다. 나는 '문재(文才)'가 없는 문인(文人)'입니다. 그래서 꼭 19년 전 '활짝웃는독서회'를 창립했고 2년 전에는 '강서구장애인문인협회'를 만들어 시를 비롯한 문학을 전하기 시작한 이유도 그 때문이었지요. 그러다 보니 자칭타칭 '시(문학) 전도사'가 되었습니다. 잘 쓰지는 못하지만, 문학을 전하는 사람으로 사는 행복도 크네요.

여덟 번째 책을 세상에 내어놓습니다. 섬기는 교회 주보에 매주 시 한 편씩을 싣고 옆에다 단상(斷想)을 쓰기 시작한 지 퍽 되었습니다. 2019년 여름 「삶을 나르는 시」는 그렇게 나왔지요. 하지만 그 책을 내는데도 엄청난 고통이 따랐습니다. 저작권 문제가 그때부터 물 위로 떠오르기 시작했는데 너무 어렵고 힘들어서 두 번째 책은 엄두를 내지 못한 상황이었지요. 우선 이 책이 세상에 나오게 되어 기쁩니다. 생각하면 감사뿐이네요. 원고의 교정을 보면서 시대의 흐름(時流)을 다시 읽게 되네요. 저작권료가 하늘 높은 줄 모르게 치솟고 있다는 사실입니다. 시 한 편당 평균 10만 원 내외로 알고 추진했던바 보기 좋게 빗나가는 상황에서 아연실색하기도 하고 놀라기도 하네요. 어느 시인은 이름이 실추되어 제외됐고 몇 분은 작품은 한 편당 상상을 초월하는 저작권료를 요구하는 바람에 제외할 수밖에 없었습니다. 그중 몇 분은 기꺼이 쓰라고 허락을 해 주셨고 또 어떤 분들은 출판사와 상의하라고 하더군요. 자기 작품도 자기 마음대로 할 수 없다는 뜻이었습니다. 연락처를 알 수 없고 저작권협회에 등록도 되지 않은 몇 분은 추후 연락해 주시면 처리하겠습니다.

시(詩)가 무엇일까요? 문학 이론에서 말하는 이야기를 하려고 하는 것이 아닙니다. 그게 도대체 무엇이기에 한 번 빠지면 평생 헤어나오지를 못하는 것일까요. 시는 진흙의 뻘밭과 같습니다. 좋은 시한 편을 쓰기 위해 평생 독주를 퍼마시며 허우적이며 영혼을 불태우는 사람들! 시는 악마의 술이며 신(神)의 말이기도 하지요. 국가의 보석이며 미(美)의 음악적 창조입니다. 시란 영혼의 음악이 틀림없습니다. 영혼의 정화(淨化) 장치로 시만한 것이 또 있을까요. 시는 생명 샘의 또 다른 이름입니다. 좋은 시를 외우면 삶이 달라지지요. 삶의 품격(品格)은 덤입니다.

여기 130여 편의 시가 있습니다. 어렵지 않아요. 읽으면 모두 다 이해할 수 있는 것만 골랐으니까요. 오늘날 시가 너무 어렵습니다. 시집 한 권을 읽어도 무슨 말인지 전혀 감이 잡히지 않을 때가 많아요. 시가 왜 이렇게 어려워야 할까요. 삶(生活)과 동떨어진 시가 과연 무슨 역할을 할 수 있을까요. 나는 어려운 시를 사랑하지 않습니다. 아니 반대합니다. 아무리 높은 문학적 가치가 있다손 치더라도 몇몇 사람만 이해할 수 있는 시는 사랑할 수 없으니까요. 좋은 시는 생명이 깁니다. 단 한 줄로도 사람의 마음을 사로잡지요. 자연스레 그 작품과 시인의 이름을 기억합니다. 좋은 삶만이 좋은 작품을 쓸 수 있음을 믿으며 시 읽는 행복을 당신과 나누고 싶습니다. 이 책이 나오기까지 힘써 주신 '한국장애인문화예술원'은 물론 출판사 연인M&B의 신현운 대표님과 편집부 선생님들께 고마움을 전합니다.

2024년 여름
강남국

2부 가슴 뭉클하게 살아야 한다

3부 하나의 나뭇잎이 흔들릴 때

4부 백 개의 태양을 피워 내는 법

5부   남이 보지 못하는 것을 보는 사람

6부 대지여 태양이여 행복이여 환희여!

1부

가서, 아름다웠더라고 말하리라

가을의 기도

김현승(金顯承 · 1913~1975)

가을에는
기도하게 하소서…
낙엽(落葉)들이 지는 때를 기다려 내게 주신
겸허(謙虛)한 모국어(母國語)로 나를 채우소서

가을에는
사랑하게 하소서…
오직 한 사람을 택하게 하소서
가장 아름다운 열매를 위하여 이 비옥(肥沃)한
시간을 가꾸게 하소서

가을에는
호올로 있게 하소서…
나의 영혼,
굽이치는 바다와
백합(百合)의 골짜기를 지나,
마른 나뭇가지 위에 다다른 까마귀같이.

가을이면 생각나는 아름다운 시입니다.

가을처럼 절실히 나를 만나게 하는 계절도 없지요. 지금 떨어지는 낙엽 한 이파리는 가장 아름답게 잘 살은 생의 표본입니다. 완성된 삶이 있다면 바로 한 잎의 낙엽에서 하나님의 놀라운 섭리를 다시 발견하며 감사를 드리게 되네요. 고독은 인간의 근원적 모습이지만, 이 시를 읽다 보면 시인처럼 기독교적 세계관에 바탕을 둔 삶이 얼마나 아름다운가 싶어지지요. 저절로 기도하게 하는 것이 이 시의 놀라운 힘입니다. 많은 사람이 가을은 외롭고 쓸쓸하다고 하지만 그렇지 않지요. 가을은 기도하게 하고 사랑하게 하며 나를 더 가꾸게 하는 위대한 계절입니다. 뼛속까지 내가 혼자인 것을 느낄 때 하나님이 나와 함께 계심을 깨닫고 눈물을 철철 흘렸던 그 계절 또한 가을이었음을 기억합니다. "귀가 멍해지는 소음 속에서도 완전히 정지된 내면의 시간이 있다."라고 전혜린은 「그리고 아무 말도 하지 않았다」에서 가을을 표현했지요. 가을은 침묵의 계절이 아니고 더 많이 사랑해야 할 대상을 찾는 아름다운 몫(사명)의 계절입니다.

귀천(歸天)

천상병(千祥炳 · 1930~1993)

나 하늘로 돌아가리라
새벽빛 와닿으면 스러지는
이슬 더불어 손에 손을 잡고,

나 하늘로 돌아가리라
노을빛 함께 단둘이서
기슭에서 놀다가 구름 손짓하면은,

나 하늘로 돌아가리라
아름다운 이 세상 소풍 끝내는 날
가서, 아름다웠더라고 말하리라….

　　이 시처럼 나에게 삶의 좌표를 고민하게 한 작품도 없습니다. 마
지막 두 연, 즉 "아름다운 이 세상 소풍 끝내는 날/가서, 아름다웠
더라고 말하리라…."를 평생 붙잡고 씨름했다 해도 과언이 아니었
지요. 장애로 인해 평등의 대열에 합류하지 못하고 평생을 불편한
몸으로 가난 속에 살아야 하는 현실에서 나는 과연 어떻게 이 시(詩)

를 받아들일 수 있단 말인가 하고요. 숱한 밤낮 해답을 찾아 헤맨 세월을 살며 절대로 공평하지 않은^(?) 신^(神)을 엄청나게 원망하기도 했지요.

 잘 알려진 대로 시인은 동백림사건⁽¹⁹⁶⁷⁾에 연루되어 옥고를 치르고 심한 고문을 받았지요. 그의 삶은 파란만장했습니다. 행려병자로 쓰러져 정신병원에 갇히기도 했고, 그가 죽었다고 판단한 친지들에 의해 유고 시집 「새」⁽¹⁹⁶⁸⁾가 발간되기도 했지요. 그 후로도 천진난만하게 25년을 더 살다 간 천상병 시인! 어느 날 생^(生)의 바닥을 쳐본 사람만이 이런 시를 쓸 수 있다고 생각했고 나는 그때부터 마음이 바빠지기 시작했습니다. 어떻게 살아야 나도 이런 노래를 부를 수 있을까 하고 말이지요. 하지만 그 해답은 어느 날 아주 우연히 그리고 간단히 풀렸습니다. 주님을 구주로 모시고 나니 아픔과 슬픔뿐이던 세상이 아름다운 화원^(花園)으로 변했기 때문이지요. 이제는 남국^(청죽)이도 아주 자신 있게 그리고 당당하게 이 시를 읊으며 노래할 수 있습니다.

 "아름다운 이 세상 소풍 끝내는 날
 가서, 아름다웠더라고 말하리라…."

새해 첫 기적

황새는 날아서
말은 뛰어서
거북이는 걸어서
달팽이는 기어서
굼벵이는 굴렀는데
한날한시 새해 첫날에 도착했다
바위는 앉은 채로 도착해 있었다.

"나는 새해가 올 때마다 기도드린다. 나에게 무슨 일이 일어나게
해 달라고. 어떤 엄청난 일, 무시무시하도록 나를 압도시키는 일,
매혹하는 일, 한마디로 '기적'이 일어날 것을 나는 기대하고 있다.
모험 끝에는 허망이, 여행 끝에는 피곤만이 기다리고 있는 줄을 잘
알면서도. 아름다운 꿈을 꿀 수 있는 특권이야말로 언제나 새해가
우리에게 주는 아마 유일의 선물이 아닐까."(전혜린「그리고 아무 말도 하
지 않았다」) 새해가 밝았습니다. 고인 물은 썩지요. 고요한 정체는 평
온한 것 같으나 삶을 아무짝에도 쓸모없는 것으로 곪게 합니다. 태
풍이 불어야 바다가 살고 싱싱한 활어를 키우듯, 우리네 삶도 그

렇게 정체가 없는 실천 사항으로 새해엔 더 활기찼으면 좋겠습니다. 입술만이 아니라 참 하나님의 자녀로 내가 진실한 몸으로 증명하며 '서로 사랑하라!(Love each other)'라는 지상 명령을 타인이 아닌 바로 내가 실천했으면 좋겠습니다. 새해 첫 안식일! 생을 불행하게 하는 거대한 소유의 거친 물결에서 한 발짝만 물러나, 시기, 질투, 미움, 원망 같은 좁쌀의 마음을 훌훌 털고, 참된 그리스도인의 마음밭을 키우며 한 점 부끄럼 없는 그런 멋진 새해를 우리 모두 만들어 갔으면 좋겠습니다.

우화의 강

마종기(馬鍾基 · 1939~)

사람이 사람을 만나 서로 좋아하면
두 사람 사이에 물길이 튼다
한쪽이 슬퍼지면 친구도 가슴에 메이고
기뻐서 출렁거리면 그 물살은 밝게 빛나서
친구의 웃음소리가 강물의 끝에서도 들린다

처음 열린 물길은 짧고 어색해서
서로 물을 보내고 자주 섞여야겠지만
한세상 유장한 정성의 물길이 흔할 수야 없겠지
넘치지도 마르지도 않는 수려한 강물이 흔할 수야
없겠지

긴말 전하지 않아도 미리 물살로 알아듣고
몇 해쯤 만나지 못해도 밤잠이 어렵지 않은 강,
아무려면 큰 강이 아무 의미도 없이 흐르고 있으랴
세상에서 사람을 만나 오래 좋아하는 것이
죽고 사는 일처럼 쉽고 가벼울 수 있으랴

큰 강의 시작과 끝은 어차피 알 수 없는 일이지만

물길을 항상 맑게 고집하는 사람과 친하고 싶다
내 혼이 잠잘 때 그대가 나를 지켜보아 주고
그대를 생각할 때면 언제나 싱싱한 강물이 보이는
시원하고 고운 사람을 친하고 싶다.

불이 없으면 한순간도 견디기 어려운 혹한이 이어지고 있습니다. 사랑이 없음 또한 마찬가지겠지요. 혹여 이 세상에 내가 사랑하지 않고 돌보지 않으면 겨울을 못 견뎌 할 사람이 있을지 모른다는 생각에 정신이 번쩍 들기도 합니다. 사랑해야 할 사람을 사랑하지 못하는 잘못보다 더 큰 죄가 또 있을까 싶기 때문이지요. 어떻게 생각하면 나처럼 혼자 산다는 것은 이 세상의 그 숱한 사람 중 단 한 사람도 사랑하지 못하고 사는 삶이란 뜻도 될 듯싶어 한껏 부끄러워지기도 합니다. 이 세상에 누군가를 만난다는 것처럼 소중한 일이 또 있을까요. 욕심이겠지만 내가 하나님과 세상을 더 사랑할 수만 있다면 좋겠습니다. 세상의 화려한 것 없으나 오늘 하루 정도(正道)의 삶이 하나님을 기쁘게 하며 더불어 행복의 노래를 부를 수만 있다면 새해가 절대 헛되진 않겠지요. 오늘 하루가 가난한 어느 집 연탄이 되고 그 집의 빈 쌀독을 채우진 못한다고 하더라도 내가 사랑해야 할 사람 손 맞잡고 우화의 강을 건너며 새해 희망의 몸짓이 됐으면 좋겠습니다.

섬

정현종(鄭玄宗 · 1939~　)

사람들 사이에 섬이 있다
그 섬에 가고 싶다.

_〈섬〉
「나는 별아저씨」(문학과지성사/1978) 전문

　사람과 사람 사이에 존재하지 않는 것은 아무것도 없습니다. 의
식·무의식을 비롯한 만물이 존재함은 물론이고 이분법적인 세상
의 모든 논리와 인류 역사가 이룩해 놓은 것들이 다 사람과 사람
사이에 있지요. 그러기에 김남조 시인은 "인간이라는 가난한 이름"
이라는 표현을 했는지 모르겠습니다. 한 사람이 천하보다 더 귀한
것은 사람이 하나님의 형상대로 지음을 받은 존재이기 때문일 텐
데 거대한 시류에 휩쓸려 소유에 묻힌 존재의 가벼움이 오늘 하나
님을 얼마나 아프게 할까 싶기도 하네요. 사람은 혼자 살 수 없습
니다. 하나님을 멀리하며 살아온 것이 가장 큰 죄이듯 사람과 사람
사이의 가야만 하는 인간의 길을 벗어나는 것이 어찌 죄가 아니겠
는지요. 올바른 인간의 길(道理)이 아름다운 것은 두말할 것도 없이
하나님의 길(攝理)이기 때문입니다. 그렇기에 시인은 이 길을 "이렇

게들 모여 사는 멋진 세상에서"라고 했겠지요.

나는 새해가 되면서 나를 불행하게 하는 아집, 독선, 그리고 편협된 사고를 철저히 버리기로 했습니다. 살이 되지 않는 것들을 몽땅 버림으로 나를 깨끗이 비워 공(空)을 만드는 것이지요. 처음엔 그 허전함을 못 견뎌 할 수도 있겠지만, 하나님은 즉시 펄펄 살아 있는 신선한(Fresh) 새살로 바로 그 자리를 채워 주신다는 것을 이제는 알기 때문입니다. 그중에서도 하나님을 멀리했던 모든 것들과 철저한 결별이 새해의 벅찬 은혜며 새살 돋는 그 섬에 가고 싶은 유일한 이유이기도 합니다.

눈물은 왜 짠가

함민복(咸敏復 · 1962~)

　지난여름이었습니다 가세가 기울어 갈 곳이 없어진 어머니를 고향 이
모님 댁에 모셔다드릴 때의 일입니다 어머니는 차 시간도 있고 하니까
요기를 하고 가자시며 고깃국을 먹으러 가자고 하셨습니다 어머니는
한평생 중이염을 앓아 고기만 드시면 귀에서 고름이 나오곤 했습니다
그런 어머니가 나를 위해 고깃국을 먹으러 가자고 하시는 마음을 읽자
어머니 이마의 주름살이 더 깊게 보였습니다 설렁탕집에 들어가 물수건
으로 이마에 흐르는 땀을 닦았습니다
　"더울 때일수록 고기를 먹어야 더위를 안 먹는다. 고기를 먹어야 하는
데… 고깃국물이라도 되게 먹어 둬라."
　설렁탕에 다대기를 풀어 한 댓 숟가락 국물을 떠먹었을 때였습니다
어머니가 주인아저씨를 불렀습니다 주인아저씨는 뭐 잘못된 게 있나 싶
었던지 고개를 앞으로 빼고 의아해하며 다가왔습니다 어머니는 설렁탕
에 소금을 너무 많이 풀어 짜서 그런다며 국물을 더 달라고 했습니다
주인아저씨는 흔쾌히 국물을 더 갖다 주었습니다 어머니는 주인아저씨
가 안 보고 있다 싶어지자 내 투가리에 국물을 부어 주셨습니다 나는
당황하여 주인아저씨를 흘금거리며 국물을 더 받았습니다 주인아저씨
는 넌지시 우리 모자의 행동을 보고 애써 시선을 외면해 주는 게 역력했
습니다 나는 그만 국물을 따르시라고 내 투가리로 어머니 투가리를 툭,
부딪쳤습니다 순간 투가리가 부딪치며 내는 소리가 왜 그렇게 서럽게

들리던지 나는 울컥 치받치는 감정을 억제하려고 설렁탕에만 밥과 깍두기를 마구 씹어 댔습니다 그러자 주인아저씨는 우리 모자가 미안한 마음 안 느끼게 조심, 다가와 성냥갑만한 깍두기 한 접시를 놓고 돌아서는 거였습니다 일순 나는 참고 있던 눈물을 찔끔 흘리고 말았습니다 나는 얼른 이마에 흐른 땀을 훔쳐내려 눈물을 땀인 양 만들어 놓고 나서, 아주 천천히 물수건으로 눈동자에서 난 땀을 씻어 냈습니다 그러면서 속으로 중얼거렸습니다

눈물은 왜 짠가.

_〈눈물은 왜 짠가〉
「눈물은 왜 짠가」(책이있는풍경/2014) 전문

이 시를 읽을 때마다 울컥하지 않았던 때가 없었던 것 같습니다. 모자의 가난한 현실 때문만은 결코 아니지요. 눈물처럼 정직한 몸의 언어가 또 있을까 싶고, 밥 앞에서 이보다 더 진한 인간의 배려가 세상 어디에 다시 있을까 싶지요. '어머니'란 위대한 이름 앞에 다시금 무릎 꿇고 큰절이라도 올리고 싶어집니다. 시(詩) 전체에 흐르는 또 하나의 감동은 놀라운 절제의 힘입니다. 시에 등장하는 주인공들처럼 나도 그렇게 뜨거운 가슴으로 배려하며 살고 싶습니다.

방문객

정현종(鄭玄宗 · 1939~)

사람이 온다는 건
실은 어마어마한 일이다
그는
그의 과거와
현재와
그리고
그의 미래와 함께 오기 때문이다
한 사람의 일생이 오기 때문이다
부서지기 쉬운
그래서 부서지기도 했을
마음이 오는 것이다 - 그 갈피를
아마 바람은 더듬어 볼 수 있을
마음,
내 마음이 그런 바람을 흉내 낸다면
필경 환대가 될 것이다.

_〈방문객〉
「광휘의 속삭임」(문학과지성사/2008) 전문

아주 오래전부터 큰누님네가 살고 계신 경기도 포천은 십수 년 전 작은형님네까지 옮겨 가면서 고향 같은 곳이 됐지요. 더군다나 2010년 어머니께서 돌아가시자 그곳의 아름다운 동산에 어머니를 모시면서 남다른 곳이 되었습니다. 늘 그렇지만 명절을 포천 형님네에서 지내고 귀경길엔 누님 댁에 들러 점심을 먹고 오지요. 딸넷에 아들 하나인 누님네 조카들은 어제도 삼촌을 깜짝 놀라게 했습니다. 50을 넘긴 생질녀들이 언제부턴가 기타를 배우기 시작했다며 삼촌의 연주를 듣고자 청해 온 것이지요. 누님과 셋째 사위가 춤을 추고 나머지 식구들은 모두 손뼉을 치며 함께 노래를 불렀습니다. 행복했지요. 누님의 손주들에게 덕담의 기회가 왔을 때, 나는 서슴없이 어느 구름에 비가 들어 있는지 알 수 없다. 고로 평생 사람을 깔보고 얕잡아보지 말라는 말을 건넸습니다. 그러면서 나의 올해 목표 중의 하나인 내가 만나는 모든 사람을 예수님으로 모실 수 있는 원년의 해로 만들고 싶다는 마음을 전했습니다. 마침 서울대에 재학 중인 누님네 손주도 와 있어 이름 없는 대학을 나왔어도 그를 평생 존중할 수 있는 마음밭을 키웠으면 좋겠단 말에 박수가 쏟아졌지요. 모든 생명은 하나님의 귀하디 귀한 선물입니다. 사람이 사람을 소중히 여기는 마음만 회복할 수 있다면 이 또한 시대가 낳은 아픔쯤은 저절로 없어지겠지요. 생명 하나가 우주임을 깨닫고 오늘도 내일도 만나는 모두에게 인사를 건네고 싶어집니다. 당신이 바로 예수님이며 하나님이라고!

다행이라는 말

천양희(千良姬 · 1942~)

환승역 계단에서 그녀를 보았다 팔다리가 뒤틀려 온전한 곳이 한 군
데도 없어 보이는 그녀와 등에 업힌 아기 그 앞을 지날 때 나는 눈을 감
아 버렸다 돈을 건넨 적도 없다 나의 섣부른 동정에 내가 머뭇거려 얼
른 그곳을 벗어났다 그래서 더 그녀와 아기가 맘에 걸렸고 어떻게 살아
가는지 궁금했는데 어느 늦은 밤 그곳을 지나다 또 그녀를 보았다 놀
라운 일이 눈앞에 펼쳐졌다 나는 내 눈을 의심했다 그녀가 바닥에서 먼
지를 툭툭 털며 천천히 일어났다 아무 일도 없었다는 듯이 흔들리지도
않았다 자, 집에 가자 등에 업힌 아기에게 백 년을 참다 터진 말처럼 입
을 열었다 가슴에 얹혀 있던 돌덩이 하나가 쿵, 내려앉았다 놀라워라!
배신감보다 다행이라는 생각이 먼저 들었다 어떻게 그럴 수 있느냐 비
난하고 싶지 않았다 멀쩡한 그녀에게 다가가 처음으로 두부 사세요 내
마음을 건넸다 그녀가 자신의 주머니에 내 마음을 받아 넣었다 그녀는
집으로 돌아가 따뜻한 밥을 짓고 국을 끓여 아기에게 먹일 것이다 멀어
지는 그녀를 바라보며 생각했다 다행이다 정말 다행이다 뼛속까지 서
늘하게 하는 말, 다행이다.

만약에 내가 이런 경우와 맞닥트리게 된다면 나는 과연 어떤 반
응을 보이게 될지 자문해 봅니다. 나 또한 보통 사람이니 당연히

배신감에 흥분하며 목소리를 높이지 않을까 싶기도 하네요. 생각하면 부끄러운 일이지요. 아마도 오늘을 사는 많은 사람의 반응 또한 다르지 않으리란 생각도 해 봅니다. 하지만 이 결론은 틀려야 합니다. 분명코 진실이 아니어야지요. 그런데도 우리가 사는 세상은 물질적으로는 5천 년 역사 이래 가장 풍요로운 시대를 살면서도 마음밭은 반비례하는 이 거대한 시류를 어떻게 설명할 수 있을까요. 자신을 종교인이라고 말하는 사람은 많습니다. 예수를 믿는 그리스도인들 또한 다르지 않지요. 예배당 안에서는 예수를 믿지만, 밖으로 나오면 차이가 없는 부끄러운 신앙인들이 곳곳에 널려 있다는 것이 문제입니다. 분명코 그리스도인은 보통 사람과 달라야 합니다. "다행이다 정말 다행이다"라고 노래하는 시인의 가슴을 갖지 않는다면 어찌 참된 그리스도인이라 할 수 있을까요. 시인의 이 뜨거운 가슴이 곧 모든 우리 그리스도인의 마음이어야겠지요. 오늘도 아픈 것은 세상이 교회를 걱정한다는 것입니다. 시인보다 못한 그리스도인이라면 어떻게 하늘을 제대로 쳐다볼 수 있을까요.

4월의 환희

이해인(李海仁 · 1945~)

깊은 동굴 속에 엎디어 있던
내 무의식의 기도가
해와 바람에 씻겨
얼굴을 드는 4월

산기슭마다 쏟아 놓은
진달래꽃
웃음소리
설레는 가슴은
바다로 뛴다

나를 위해
목숨 버린 사랑을 향해
바위 끝에 부서지는
그리움의 파도

못 자국 선연한
당신의 손을 볼 제
남루했던 내 믿음은
새 옷을 갈아입고

이웃을 불러 모아

일제히 춤을 추는
풀잎들의 무도회

나는
어디서나 당신을 본다
우주의 환희로 이은
아름다운 상흔을
눈 비비며 들여다본다

하찮은 일로 몸살하며
늪으로 침몰했던
초조한 기다림이
이제는 행복한
별이 되어
승천한다

알렐루야
알렐루야

부활하신 당신 앞에
숙명처럼 돌아와
진달래 꽃빛 짙은
사랑을 고백한다.

환희의 계절입니다. 세상이 다시 태어나는 듯한 봄꽃과 나무의
새싹이 생명의 경이와 하나님의 사랑을 노래하게 하네요. 이달도
한껏 주님 닮는 삶을 소망하며 참 시인이셨던 그분의 재림을 노래
합니다.

긍정적인 밥

함민복(咸敏復 · 1962~)

시(詩) 한 편에 삼만 원이면
너무 박하다 싶다가도
쌀이 두 말인데 생각하면
금방 마음이 따뜻한 밥이 되네

시집 한 권에 삼천 원이면
든 공에 비해 헐하다 싶다가도
국밥이 한 그릇인데
내 시집이 국밥 한 그릇만큼
사람들 가슴을 따뜻하게 덥혀 줄 수 있을까
생각하면 아직 멀기만 하네

시집이 한 권 팔리면
내게 삼백 원이 돌아온다
박리다 싶다가도
굵은 소금이 한 됫박인데 생각하면
푸른 바다처럼 상할 마음 하나 없네.

_〈긍정적인 밥〉
「모든 경계에는 꽃이 핀다」(창비/1996) 전문

이 세상에 밥만큼 소중한 것이 없습니다. 어떻게 생각하면 하루에 밥 세 번 먹자고 이렇게 머리를 쓰고 동분서주하는 것이지요. 빈부귀천을 떠나 먹는 것은 하루 세 끼뿐인데, 그것이 이렇게도 어렵고 힘들 때가 많습니다. 8만 4천 가지나 된다는 인간의 번민과 고뇌도 하루 밥 세 끼와 무관한 것은 없습니다. 벌써 오래전 아버지께선 부잣집에서 쌀 한 말을 갖고 오면 그 대가로 닷새 동안 일을 해 줬다는 말씀을 자주 하셨지요. 돈을 갖고도 쌀이나 보리 등 양식을 구할 수 없었던 시대가 그리 먼 얘기가 아닙니다. 요즘은 너나 할 것 없이 쌀을 비롯한 먹거리가 너무 흔해서 귀한 줄을 모르고 살지요. 그러다 보니 농사짓는 것을 아주 우습게 생각하는 사람들이 많아졌습니다. 농자천하지대본(農者天下之大本)이라는 말도 옛말이 된 지 오래지요. 하지만 절대 그렇지 않습니다. 사람에게 먹거리만큼 소중하고 중요한 것이 또 어디에 있을까요. 우선 나부터 양식을 하찮게 여기는 나쁜 습성 또한 잠재해 있음을 부끄럽게 생각합니다. 시류(時流) 탓이라고만 하기엔 현실이 너무 기막힙니다. 차고 넘치는 먹거리의 풍요는 먹는 것의 소중함을 앗아갔지요. 먹을 것 앞에서 겸손해지는 오늘 하루가 감사한 은혜이며 바로 시인의 마음이겠지요.

나

송명희(1963~   )

나 가진 재물 없으나 나 남이 가진 지식 없으나
나 남에게 있는 건강 있지 않으나 나 남이 없는 것 있으니
나 가진 재물 없으나 나 남이 가진 지식 없으나
나 남에게 있는 건강 있지 않으나 나 남에게 없는 것 있으니
나 남이 못 본 것을 보았고 나 남이 듣지 못한 음성 들었고
나 남이 받지 못한 사랑 받았고 나 남이 모르는 것 깨달았네
공평하신 하나님이 나 남이 가진 것 나 없지만
공평하신 하나님이 나 남이 없는 것 갖게 하셨네

공평하신 하나님이 나 남이 가진 것 나 없지만
공평하신 하나님이 나 남이 없는 것 갖게 하셨네
나 남이 없는 것 갖게 하셨네.

이 작품이 널리 알려진 것은 복음성가로 만들어지면서부터입니
다. 중증 뇌성마비를 앓고 있는 시인은 바라보기에도 민망할 정도
로 장애가 심하지요. 그런데도 지금까지 13권의 시집을 냈고 전국
을 돌며 활발히 간증하는 등 아름다운 삶을 사는 자매입니다. 많은

사람이 이 시를 좋아하지만, 나는 개인적으로 아직도 그 경지에 이르지 못하고 사네요. 하나님께서는 모든 사람에게 평등한 인격을 주셨지만, '공평'은 아니라고 생각하기 때문이지요. 세상은 분명코 공평하지 않습니다. 함에도 이런 시를 쓸 수 있다는 것은 하나님의 위대한 인간 사랑의 섭리가 아니고서는 도저히 설명할 길이 없군요. 감사할 수 없는 여건이나 조건에서 드리는 감사야말로 최고의 헌신이며 가장 아름다운 삶의 기도라 여기며 '장애인의 날'에 생각해 봅니다.

엄마가 휴가를 나온다면

정채봉(丁埰琫 · 1946~2001)

하늘나라에 가 계시는
엄마가
하루 휴가를 얻어 오신다면
아니 아니 아니 아니
반나절 반시간도 안 된다면
단 5분
그래, 5분만 온대도 나는
원이 없겠다

얼른 엄마 품속에 들어가
엄마와 눈맞춤을 하고
젖가슴을 만지고
그리고 한 번만이라도
엄마!
하고 소리내어 불러보고
숨겨 놓은 세상사 중
딱 한 가지 억울했던 그 일을 일러바치고
엉엉 울겠다.

어머니란 말만 들어도 눈물이 난다는 사람이 많습니다. 나 또한 다를 바 없지요. 2010년의 지상 소풍을 마치고 떠나신 어머니! 오늘도 어머니가 몹시 그립습니다. 200여 가구가 옹기종기 모여 살던 아름다운 섬 삽시도에 걷지 못하는 유일한 아이를 두셨던 어머니의 가슴을 헤아릴 때면, 하루에도 몇 번씩 정신이 번쩍 들기도 합니다. 잘 사는 것 외엔 어머니에게 진 빚을 갚을 길이 없다는 생각 하나로 살아온 생애! 오늘도 과연 내가 잘살고 있는지 자문하며 어머니의 부끄럽지 않은 아들이 되고자 하지요. 잘 산다는 것이 뭣인지도 모르면서 그렇게 살지 않으면 어머니의 상한 가슴의 빚은 결코 갚을 수 없다는 해답이 평생을 바쁘게 했고, 해야 할 몫(使命)이 산적한 오늘을 살게 했지요. 어머니란 이름에 정신은 멍멍해지고 묵직한 그 무엇이 목울대를 타고 오를라 치면, 어머니를 부르며 이 아들이 청와대에서 대통령 표창을 받았고 대학을 졸업했으며 한 대기업에서 주는 큰 상도 받았노라고 한껏 자랑하고 싶어집니다. 내가 가졌던 전부의 돈보다 더 많은 상금도 받아 십일조를 드리고 형님의 양복도 한 벌 해 드렸노라고 전하고 싶어집니다. 60이 넘었지만, 장가도 곧 갈 거고 꼭 지켜봐 달라고 시인처럼 나도 엉엉 울겠습니다.

엄마는 그래도 되는 줄 알았습니다

심순덕(1960~)

엄마는
그래도 되는 줄 알았습니다
하루 종일 밭에서 죽어라 힘들게 일해도

엄마는
그래도 되는 줄 알았습니다
찬밥 한 덩이로 대충 부뚜막에 앉아 점심을 때워도

엄마는
그래도 되는 줄 알았습니다
한겨울 냇물에서 맨손으로 빨래를 방망이질 해도

엄마는
그래도 되는 줄 알았습니다
배 부르다 생각없다 식구들 다 먹이고 굶어도

엄마는
그래도 되는 줄 알았습니다
발 뒤꿈치 다 헤져 이불이 소리를 내도

엄마는
그래도 되는 줄 알았습니다
손톱이 깎을 수조차 없이 닳고 문드러져도

엄마는
그래도 되는 줄 알았습니다
아버지가 화내고 자식들이 속썩여도 전혀 끄떡없는

엄마는
그래도 되는 줄 알았습니다
외할머니 보고 싶다
외할머니 보고 싶다 그것이 그냥 넋두리인 줄만—

한밤중 자다 깨어 방구석에서 한없이 소리 죽여 울던 엄마를 본 후론
아!
엄마는 그러면 안 되는 것이었습니다.

　　　　　　　　　_〈엄마는 그래도 되는 줄 알았습니다〉
　　　　　「엄마는 그래도 되는 줄 알았습니다」(니들북/2019) 전문

　지난주에 이어 어머니에 대한 시 한 편을 더 감상해 보겠습니다. 자식이 부모님을 잘 모시는 것은 자랑거리가 될 수 없지요. 당연하기 때문입니다. 어머니를 생각할 때마다 아쉬움이 많고 그것들이 한(恨)이 되기도 하지만, 그래도 어머니 생전 이것만은 잘했다 싶은 몇 가지가 있어 적어 봅니다. 어머니와 함께 사는 동안 어머니 호

주머니에 용돈이 떨어지지 않게 했다는 것, 용돈이 떨어지면 노인은 힘이 없다는 것을 몸으로 배웠지요. 그리고 1년에 한 번은 어머니를 모시고 안면도 고남 외가엘 다녔다는 것은 정말 잘한 것이었습니다. 구순을 코앞에 두신 연세에도 친정엘 가신다고 하면 며칠 밤을 제대로 못 주무시는 모습에서 여자가 친정엘 간다는 의미를 터득했지요. 아내를 친정에 자주 보낼 줄 아는 남편만이 진정 사랑받습니다. 또 하나는 반복하시는 말씀을 언제나 처음 듣는 것처럼 반응하며 들을 줄 알아야 한다는 것이었지요. 세상에 태어나 서른네 해 만에 어머니 앞에서 첫걸음을 뗀 역사는 지금도 어제처럼 생생하기만 합니다. 못다 한 숱한 것들이 때론 아린 아픔으로 와닿기도 하지만, 더 큰 그리움은 오늘도 가시질 않습니다. 어머니, 사랑합니다.

이 작품을 쓴 시인은 강원도 평창 횡계에서 9남매의 막내로 태어나 온 가족의 사랑을 듬뿍 받으며 자랐고 특히 어머니의 사랑을 많이 받았는데, 31세에 어머니가 돌아가시자 그리움에 사무쳐 이 시를 쓰게 되었다고 합니다.

감사하는 마음

김현승(金顯承 · 1913~75)

감사하는 마음은 언제나
은혜의 불빛 앞에 있다

받았기에
누렸기에
배불렀기에
감사하지 않는다
추방에서
맹수와의 싸움에서
낯선 광야에서도
용감한 조상들은 제단을 쌓고
첫 열매를 드리었다

허물어진 마을에서
불 없는 방에서
빵 없는 아침에도
가난한 과부들은
남은 것을 모아 드리었다
드리려고 드렸더니

드리기 위하여 드렸더니
더 많은 것으로 갚아 주신다

마음만을 받으시고
그 마음과 마음을 담은 그릇들은
더 많은 金銀의 그릇들을 보태어
우리에게 돌려보내신다
그러한 빈 그릇들은 하늘의 곳집에는
얼마나 많은지 모른다

감사하는 마음-그것은 곧 아는 마음이다!
내가 누구인지를 그리고
主人이 누구인지를 깊이 아는 마음이다.

나는 개인적으로 '사랑해'라는 말 대신에 '고마워'라는 말이 그렇게 좋습니다. 사랑해란 말은 아무에게나 할 수 없지요. 잘못 했다가는 오해받기 일쑤지만 고마워요 라는 말은 그럴 일이 전혀 없기 때문이지요. 누구나 고마워란 말을 마음밭에 심기만 하면 그 안에 따뜻한 영혼의 벽난로 하나 들여놓은 셈이 됩니다. 범사에 감사하라는 지상 명령이 있지만, 그것처럼 어려운 것도 없습니다. 그 말씀 한마디만 온전히 안고 또 품고 산다면 세상에 무슨 악하고 슬픈 일들이 생길까요. 이래저래 감사할 수 있는 마음은 아무나 소유할 수 있는 마음이 아닙니다. 평화로울 때 혹은 불편이 없을 때는 누구나 감사할 수 있지요. 그러나 불 없는 방에서 빵 없는 아침에 감사하기가 어찌 쉽겠는가요. 세상이 때로 우리를 감동케 하는 것은 아무리 생각해도 감사할 수 없는 조건이나 여건에 있는 사람들의 감사입니다. 그 감사가 정말로 진짜지요. 세상엔 눈물겨운 감사의 삶을 사는 사람들이 참 많습니다. 자신을 위해서가 아닌 남을 위해 시간을 쓰는 사람들과 생명 같은 물질과 육신을, 자신을 위함이 아닌 타인을 위해 펑펑 쓰는 사람들 말이지요. 그들의 삶은 세상의 모든 것을 소유한 사람보다 훨씬 더 부자란 생각이 들지요. 자신의 가장 소중한 것을 이웃에 나눔으로써 세상을 밝히는 사람들! 지상에서 천국을 만들어 가는 사람들이라 하지 않을 수 없습니다. 아름답습니다. 그리고 닮고 싶습니다. 성육신(인카네이션)으로 오신 예수님의 그런 삶을 새달에도 온전히 살고 싶습니다.

오월

피천득(皮千得 · 1910~2007)

오월은 금방 찬물로 세수를 한 스물한 살 청신한 얼굴이다.

하얀 손가락에 끼여 있는 비취 가락지다.

오월은 앵두와 어린 딸기의 달이요, 오월은 모란의 달이다.

그러나 오월은 무엇보다도 신록의 달이다. 전나무의 바늘잎도 연한 살결같이 보드랍다.

스물한 살이 나였던 오월. 불현듯 밤차를 타고 피서지에 간 일이 있다.

해변가에 엎어져 있는 보트, 덧문이 닫혀 있는 별장들.

그러나 시월같이 쓸쓸하지 않았다. 가까이 보이는 섬들이 생생한 색이었다.

得了愛情痛苦 - 얻었도다, 애정의 고통을

失了愛情痛苦 - 버렸도다, 애정의 고통을

젊어서 죽은 중국 시인의 이 글귀를 모래 위에 써 놓고, 나는 죽지 않고 돌아왔다.

신록을 바라다보면 내가 살아 있다는 사실이 참으로 즐겁다.

내 나이를 세어 무엇하리. 나는 지금 오월 속에 있다.

연한 녹색은 나날이 번져 가고 있다. 어느덧 짙어지고 말 것이다.

머문 듯 가는 것이 세월인 것을. 유월이 되면 '원숙한 여인'같이 녹음이 우거지리라.

그리고 태양은 정열을 퍼붓기 시작할 것이다.
밝고 맑고 순결한 오월은 지금 가고 있다.

　'계절의 여왕'이라는 이름에 걸맞게 정말로 아름다운 천연계의 5월입니다. 형형색색의 장미도 활짝 폈더군요. 하루가 다르게 짙어가는 신록은 창조 섭리를 다시 생각하게 하며 감사를 드리지 않을 수 없네요. 나는 개인적으로 5월에 태어나 5월에 떠나신 금아 선생님을 엄청 좋아합니다. 아마도 그분처럼 일생을 맑게 사신 분이 또 계실까 싶을 정도지요. 그분은 지금껏 닮고 싶은 분 중의 한 분입니다. 어떻게 살면 금아처럼 그렇게 맑은 영혼을 소유하며 넉넉한 미소를 지을 수 있을까 싶지요. 너나없이 살기 어렵다고 아우성인데 5월이 이렇게 아름답다는 것은 무엇을 뜻할까 싶기도 합니다. 오늘 하루의 삶도 에밀리 디킨슨(1830~1886)의 시어처럼 "나 헛되이 사는 것 아니리(I shall not live in vain)"라 자신 있게 말할 수 있는가 자문하며 이 황홀한 계절의 의미를 다시 생각해 봅니다. 기진맥진 지친 한 마리 울새를 둥지로 되돌아가게 할 수 있다면 그것이 바로 오늘 하루 삶의 참 의미라 했는데 나는 과연 이웃을 위해 그렇게 살고 있는가 자문하며 저자처럼 지금 오월 속에 있다는 것이 마냥 행복합니다.

너를 기다리는 동안

황지우(黃芝雨 · 1952~　)

네가 오기로 한 그 자리에
내가 미리 가 너를 기다리는 동안
다가오는 모든 발자국은
내 가슴에 쿵쿵거린다
바스락거리는 나뭇잎 하나도 다 내게 온다
기다려 본 적이 있는 사람은 안다
세상에서 기다리는 일처럼 가슴 애리는 일 있을까
네가 오기로 한 그 자리, 내가 미리 와 있는 이곳에서
문을 열고 들어오는 모든 사람이
너였다가
너였다가, 너일 것이었다가
다시 문이 닫힌다
사랑하는 이여
오지 않는 너를 기다리며
마침내 나는 너에게 간다
아주 먼 데서 나는 너에게 가고
아주 오랜 세월을 다하여 너는 지금 오고 있다
아주 먼 데서 지금도 천천히 오고 있는 너를…
너를 기다리는 동안 나도 가고 있다
남들이 열고 들어오는 문을 통해

내 가슴에 쿵쿵거리는 모든 발자국 따라
너를 기다리는 동안 나는 너에게 가고 있다.
　_〈너를 기다리는 동안〉「게 눈 속의 연꽃」(문학과지성사/1994) 전문

　살아온 생애 동안 가장 부끄러운 일이 무엇이었을까 생각해 볼
때가 있습니다. 이런저런 생각이 떠오르지만 지금도 내 인생의 감
추고 싶은 가장 부끄러운 치부는 단 한 사람도 목숨만큼 생명만큼
사랑하지 못했다는 것이군요. 정말로 부끄럽습니다. 세월을 거슬
러 올라가면 거기 그 자리에 앉았던 사람이 바로 가장 귀하고 아름
다운 보석이었음을 왜 진작 알아보지 못했을까 후회가 되기도 합
니다. 살아온 날들을 가만 생각해 보면 사랑해서는 안 될 사람을 사
랑한 잘못도 있고, 내가 사랑해야 할 사람을 사랑하지 못한 잘못이
가장 크게 가슴에 와닿습니다. 생각하면 마음이 아프지요. 내가 사
랑해야 할 사람을 사랑하지 못함으로 혹여 지금도 이 더운 여름을
오늘도 춥게 보내고 있지는 않은지 모르겠다 싶다가 착각도 병이
구나 하고 자조적인 미소를 짓기도 합니다. 정말로 그런 사람이 한
사람도 없었으면 하고 하늘을 한 번 더 쳐다보네요. 사람이 사람을
사랑하는 일보다 더 위대한 일이 어디에 또 있을까요. 그런 면에서
생각해 보면 이 넓은 세상에서 단 한 사람도 사랑하지 못하고 받지
못하는 오늘이 정상인가 싶기도 하네요. 세월이 퍽 흘렀습니다. 이
제는 좋은 사람을 기다리는 것이 아니라 내 사랑이 필요한 그 누군
가에게 그런 사람이 돼야겠다는 마음이 지금도 펄펄 끓으니 아직은
사랑할 가슴이 남아 있는 것 같습니다.

여름에는 저녁을

오규원(吳圭原 · 1941~2007)

여름에는 저녁을
마당에서 먹는다
초저녁에도
환한 달빛

마당 위에는
멍석
멍석 위에는
환한 달빛
달빛을 깔고
저녁을 먹는다

숲속에서는
바람이 잠들고
마을에서는
지붕이 잠들고

들에는 잔잔한 달빛
들에는

봄의 발자국처럼
잔잔한
풀잎들

마을도
달빛에 잠기고
밥상도
달빛에 잠기고

여름에는 저녁을
마당에서 먹는다
밥그릇 안에까지
가득 차는 달빛

아! 달빛을 먹는다
초저녁에도
환한 달빛.

    외가이면서 제2의 고향인 안면도 창기리 산약골(인근에 삼봉해수욕장
과 백사장이 있음)이란 곳에서 살 때 내 나이는 10~15세였습니다. 한창
사춘기를 보낼 때 여름날 풍경이 떠오르네요. 아침이 되면 벌써 뜨
거운 햇살이 마루를 점령해 우리 가족은 할 수 없이 김(해태) 건장 밑
에 멍석을 깔고 아침을 먹었지요. 식사가 끝나면 잘 개켜 놨다가 저
녁이 되면 그것을 다시 펼칩니다. 해가 설핏해지면 아버지는 방문

을 모두 열고 화로에 모깃불을 놓은 후 방안에 들여놓고 잠시 문을 닫습니다. 그런 후 양쪽 문을 활짝 열고 옷가지로 어젯밤 들어온 모기를 쫓지요. 저녁을 먹고 난 후엔 집밖에 아침에 펼쳤던 멍석을 다시 펴면 식구들이 하나둘 모여듭니다. 아버지는 바로 옆에 생쑥가지를 듬뿍 얹은 모깃불을 놓지요. 매캐한 연기를 내뿜으며 타는 쑥향이 그렇게 좋을 수가 없었습니다. 간식으로 준비해 온 감자와 밭에서 따 온 참외를 비롯한 여름 과일과 수없이 많은 하늘의 별들은 천상과 지상의 아름다운 하모니의 밤을 만들었지요. 마실 온 이웃들과의 담소는 밤이 깊은 줄도 모르게 했고 어느 정도 모깃불이 시들어질 무렵이 되면 풋콩을 그 위에 얹어 탁탁 소리를 내며 익게 했습니다. 잘 쪄진 옥수수와 날아다니는 반딧불이도 그 밤의 좋은 친구였지요. 어머니는 바쁠 때마다 부엌 아궁이 앞에 한 다발의 나무를 갖다 놓고 나보고 불을 때라 하셨지요. 또 어머니는 간간 빨간 숯불로 달궈진 구식 다리미로 아버지의 하얀 바지저고리를 다릴 때면 나는 단골 붙들리기가 되곤 했지요. 그럴 때면 어머니와 내 이마에도 땀방울이 송골송골 맺히곤 했었습니다. 하얀 연기 속에 진동하던 쑥 냄새와 밤하늘을 가득 채웠던 별들의 속삭임이 아득한 세월의 뒤안길에도 퇴색하지 않은 그 여름날이 지금도 그립습니다.

소릉조(小陵調)

－七〇년 秋夕에

천상병(千祥炳 · 1930~1993)

아버지 어머니는
고향 산소에 있고,

외톨배기 나는
서울에 있고,

형과 누이들은
부산에 있는데,

여비가 없으니
가지 못한다

저승 가는 데도
여비가 든다면

나는 영영
가지도 못하나?

생각느니, 아,
인생은 얼마나 깊은 것인가.

가난했지만 맑게 산 사람 하면 떠오르는 인물이 바로 천상병입니다. 〈귀천〉으로 잘 알려진 시인이지요. 그가 지상에 남긴 시와 산문의 전집을 소중히 읽는 맛은 언제나 넉넉한 행복을 주기 때문입니다. 그의 생애를 떠올릴 때마다 나는 그리스도인의 '품성'과 '풍요'를 생각하곤 하지요. 그의 삶은 물질적으로는 가난했지만, 그 가난을 있는 그대로 받아들이며 시를 썼던 아름다운 사람이었습니다. 믿는 자는 이 땅에서 경험할 수 있는 최고, 최선, 그리고 최상의 풍성함을 주님 안에서 누릴 수 있어야 한다고 생각합니다. 그것이 바로 예수 믿는 복이 아닐까요. 이웃에게 지식 나눔을 해 오면서 '너희가 거저 받았으니 거저 주라'는 말씀을 늘 묵상하곤 합니다. 그동안 이웃과 나눔을 통해 제 삶은 정말로 풍요로워졌거든요. 할 수 있음이 그렇게 감사한 오늘이었으니까요. 내 하잘것없는 지식으로 소통하며 공유할 수 있다는 것이 그렇게 행복했고 존재의 유일한 이유라는 해답을 얻으며 감사의 노래를 불렀지요. 나는 지금도 욕심이 많습니다. 그것은 다름 아닌 지금껏 해 온 만큼의 절반 정도라도 이웃에게 더 나누는 삶을 살고 싶다는 것이지요. 그러기 위해 오늘도 삶의 신선도를 높이고 유지하기 위해 대부분 시간을 쓰며 간절히 드리는 간구는 끝이 없네요.

"Smile more, help more, trust more, love more, to live more(더 웃고, 더 돕고, 더 신뢰하고, 더 사랑하라)"라는 이번 달 『교회지남』을 읽다가 발견한 글귀입니다. 밑줄을 쳤네요. 이 가을도 더 많이 사랑하며 사는 것 외엔 다른 욕심은 없습니다. 하나님의 사랑과 예수의 증거 또 건강의 원칙도 철저히 지켜서 주어진 몫(使命)을 잘 감당하는 언제나 푸르고 싱싱한 대나무(청죽)가 되고 싶습니다.

부부

문정희(文貞姬 · 1947~)

부부란 여름날 멀찍이 누워 잠을 청하다가도
어둠 속에서 앵 하고 모기 소리가 들리면
순식간에 합세하여 모기를 잡는 사이이다

많이 짜진 연고를 나누어 바르는 사이이다
남편이 턱에 바르고 남은 밥풀만한 연고를
손끝에 들고 나머지를 어디다 바를까 주저하고 있을 때
아내가 주저 없이 치마를 걷고
배꼽 부근을 내미는 사이이다
그 자리를 문지르며 이달에 사용한
신용카드와 전기세를 함께 떠올리는 사이이다

결혼은 사랑을 무화시키는 긴 과정이지만
결혼한 사랑은 사랑이 아니지만
부부란 어떤 이름으로도 잴 수 없는
백 년이 지나도 남는 암각화처럼
그것이 풍화하는 긴 과정과
그 곁에 가뭇없이 피고 지는 풀꽃 더미를
풍경으로 거느린다

나에게 남은 것이 무엇인가를 생각하다가
네가 쥐고 있는 것을 바라보며
손을 한번 쓸쓸히 쥐었다 펴 보는 사이이다

서로를 묶는 것이 거미줄인지
쇠사슬인지는 알지 못하지만
부부란 서로 묶여 있는 것만은 확실하다고 느끼며
오도 가도 못한 채
죄 없는 어린 새끼들을 유정하게 바라보는
그런 사이이다.

"여호와 하나님이 아담을 깊이 잠들게 하시니 잠들매 그가 그 갈
빗대 하나를 취하고 살로 대신 채우시고 여호와 하나님이 아담에
게서 취하신 그 갈빗대로 여자를 만드시고 그를 아담에게로 이끌
어 오시니 아담이 이르되 이는 내 뼈 중의 뼈요 살 중의 살이라 이
것을 남자에게서 취하였은즉 여자라 부르리라 하니라 이러므로 남
자가 부모를 떠나 그의 아내와 합하여 둘이 한 몸을 이룰지로다"
(창세기 2장)

"아내들이여 자기 남편에게 복종하기를 주께 하듯 하라 이는 남
편이 아내의 머리 됨이 그리스도께서 교회의 머리 됨과 같음이니
그가 바로 몸의 구주시니라 그러므로 교회가 그리스도에게 하듯
아내들도 범사에 자기 남편에게 복종할지니라 남편들아 아내 사랑
하기를 그리스도께서 교회를 사랑하시고 그 교회를 위하여 자신을

주심같이 하라 이는 곧 물로 씻어 말씀으로 깨끗하게 하사 거룩하게 하시고 자기 앞에 영광스러운 교회로 세우사 티나 주름 잡힌 것이나 이런 것들이 없이 거룩하고 흠이 없게 하려 하심이라 이와 같이 남편들도 자기 아내 사랑하기를 자기 자신과 같이 할지니 자기 아내를 사랑하는 자는 자기를 사랑하는 것이라"(에베소서 5장)

"너희가 양처를 가지면 행복 자가 되고 악처를 가지면 철학자가 된다."(소크라테스)

"선량한 남편은 선량한 아내를 만든다."(B.R.버튼/憂鬱의 解剖) 한국 속담엔 "검은 머리 파뿌리 되도록", "내외간 싸움은 칼로 물 베기", "헌 짚신도 짝이 있다"라고 했고 영국 속담엔 "부부는 서로 닮는다"라고 했지요. 하지만 나는 결혼생활을 못해 본 관계로 유구무언(有口無言)입니다.

울음이 타는 가을 강(江)

박재삼(朴在森 · 1933~97)

마음도 한자리 못 앉아 있는 마음일 때,
친구의 서러운 사랑 이야기를
가을 햇볕으로나 동무 삼아 따라가면,
어느새 등성이에 이르러 눈물 나고나

제삿날 큰집에 모이는 불빛도 불빛이지만,
해 질 녘 울음이 타는 가을 강(江)을 보것네

저것 봐, 저것 봐,
네보담도 내보담도
그 기쁜 첫사랑 산골 물소리가 사라지고
그다음 사랑 끝에 생긴 울음까지 녹아나고,
이제는 미칠 일 하나로 바다에 다 와 가는,
소리 죽은 가을 강(江)을 처음 보것네.

벌써 단풍의 계절이 돌아왔네요. 가을이 빠르게 깊어져 가고 있
습니다. 머지않아 낙엽이 지고 겨울이 오겠지요. 낙엽 한 잎이 그렇
게 위대하게 보일 수가 없습니다. 잘 살은 낙엽만이 지난여름의 그

모진 비바람과 태풍 그리고 태양의 열기를 이기고 가을에 떨어지는 법일 테니까요. 낙엽처럼 살고 싶다는 욕망이 사그라지지를 않습니다. 하나의 나뭇잎이 흔들리며 떨어질 때 하나의 역사는 완성되고 세상은 또 그렇게 흘러가는 법이지요. 그 자연스러운 흐름이 인류사의 역사를 만들기에 정말로 소중하고 아름답게 보입니다. 천연계의 아름다운 질서라고나 할까요. 낙엽 되어 떨어지는 하나의 나뭇잎은 하나님의 섭리이며 창조 질서의 완성이라 하지 않을 수 없습니다. 이어령은 〈證言하는 캘린더〉라는 글에서 "낙엽은 결코 고독하지 않다. 낙엽은 결코 죽지 않는다. 저기에서 저렇게 나뭇잎이 떨어지고 있는 것은 보다 새로운 생(生)이 준비되어 가고 있는 목소리이며 저기에서 저렇게 무수한 단풍이 가지각색 빛깔로 물들어 가고 있는 것은 나무보다 더 큰 생명의 모태를 영접하는 몸치장인 것이다."라고 했지요.

가을이면 생각나는 시가 예닐곱 편 됩니다만, 이 시를 좋아하기 시작한 지는 얼마 되지 않았습니다. 생전에 '슬픔의 연금술사'로 불린 시인의 대표작이지요. 이 시가 처음 월간지에 발표된 후 박두진 시인은 "노도(怒濤)처럼 세찬 현대의 휩쓸림 속에서 배추 꽃목처럼 목이 가늘고 애잔한, 실개천처럼 맑고도 잔잔한 서정"이라고 평했다 전해집니다. 더 뜨거운 가슴으로 이 가을을 안고 더 많이 사랑하며 사는 칭찬받는 자녀 몫을 해야겠다 싶습니다.

겨울밤

박용래(朴龍來 · 1925~1980)

잠 이루지 못하는 밤 고향집 마늘밭에 눈은 쌓이리
잠 이루지 못하는 밤 고향집 추녀밑 달빛은 쌓이리
발목을 벗고 물을 건너는 먼 마을
고향집 마당귀 바람은 잠을 자리.

안면도 초입인 삼봉해수욕장이 있는 마을 이름은 '산약골'입니다. 내가 열 살 때부터 열다섯 살 때까지 그곳에서 살았고 제2의 고향이기도 하지요. 얼마 전 그곳에 갔을 때도 전처럼 살던 집터를 찾았었네요. 아버지께서 손수 심으셨던 집 뒤 소나무들이 아름드리나무로 자란 것을 보면서 50여 년 세월의 더께를 헤아리기도 했습니다. 당시엔 겨울만 되면 눈이 정말 많이 왔어요. 아버지는 새벽마다 일찍 일어나 검은 쇠솥에 물을 펄펄 끓이고 넉가래로 밤새 내린 함박눈을 치우셨지요. 많이 왔을 땐 우선 양쪽 옆으로 길을 내고 싸리 빗자루로 좌우로 쓸어 샘 길을 내셨지요. 그때 형님은 일어나 물통을 지고 물을 길어왔고 어머니는 부지런히 아침밥을 준비하셨습니다. 그동안 군불에 까맣게 탄 아랫목의 종이 장판은 누구나 떠나기 싫은 유혹의 자리였지요. 지난밤 온 가족이 마신 마루의 구수한 자리끼와 요강을 치우고 나면 형제들은 방과 마루를 청소했고 그렇게 겨울날의 하루는 시작되곤 했지요. 군불은 흔히 장작이나 생솔가지를 태웠는데 생솔은 생각보다 훨씬 더 잘 타고 화력 또한 세서 겨울의 요긴한 땔감 중의 하나였지요. 길게는 아이 키만한 초가지붕에 달리던 고드름 또한 잊지 못합니다. 전기가 없던 시절이라 저녁이 되면 아버지는 종종 등잔불을 켜 놓고 손으로 새끼를 꼬거나 낮에 건장에 말린 후 떼어 놨던 김(해태)을 한 톳(백 장)씩 묶는 작업을 하곤 했습니다. 간식이라곤 고구마에 듬성듬성 어름이 서걱이는 바탱이(김장독)에서 통째로 꺼내 온 무를 썩썩 썰어 함께 먹는 맛은 천상의 선물과 같은 '겨울 맛'이었지요. 참 맛이 있었습니다. 겨울은 그만큼 낭만의 계절이기도 했지요. 윗목의 화롯불과 그 속에서 냄새를 피우며 익어 가던 고구마의 황금빛 색깔 또한 아련한 겨울밤 추억이 아닐 수 없네요.

2부

가슴 뭉클하게 살아야 한다

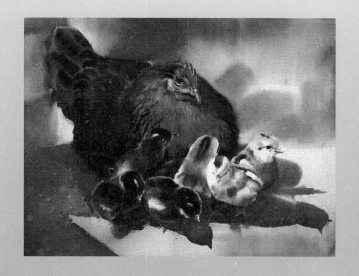

묵화(墨畵)

김종삼(金宗三 · 1921~1983)

물먹는 소 목덜미에
할머니 손이 얹혀졌다
이 하루도
함께 지났다고,
서로 발잔등이 부었다고,
서로 적막하다고.

세상에는 아름다운 말이 참 많습니다. 그중의 하나가 바로 '토닥토닥'이 아닐까 싶어요. 시원(始原)을 찾아 들어가 보면 깊고 깊은 심해와 같은 하나님의 섭리와 마주치게 됩니다. 그 첫째는 하나님의 인간 사랑(아가페)이며 사람의 가슴속에 있는 타인을 불쌍하고 가련하게 여기는 연민(憐憫·憐愍)이 그 뿌리겠지요. 영어로는 Compassion; Pity; Mercy; Commiseration 등이 아닐까 싶습니다. 「사람은 무엇으로 사는가」란 톨스토이의 책이 아니더라도 사람은 사랑으로 산다는 것을 모르는 이는 없지요. 확실히 사람은 사랑으로 삽니다. 주는 행복, 봉사의 참된 행복이 여기에 있지요. 받을 때와는 비교할 수 없는 것이 '주는 행복'입니다. 누님은 포천에서 농사를 지으시는데 벌써 20년도 넘게 각종 농작물을 길러 당신 5남매 자식은 물론 우리 7남매 형제들에게 한해도 빠짐없이 골고루 나눠 주십니다. 무나 배추를 기르실 때도 남다른 행복을 느끼신다 해요. 다름 아닌 이것들을 잘 키워 나눠 줄 생각만으로도 그 고된 일이 하나도 어렵지 않다는 것이지요. 참으로 놀라운 사랑의 마음밭이 아닐 수 없습니다. 하루가 다르게 커 가는 모습만 바라봐도 생의 환희와 기쁨의 엔도르핀이 팍팍 솟아난다는 누님의 형제 사랑은 늘 감격하게 하지요. 올해도 누님네서 김장을 해 왔는데 밥을 먹을 때마다 정성으로 길러 주신 그 사랑에 감사하곤 합니다. 오늘도 이렇게 사랑으로 살면서 때론 사랑의 빚이 너무 많아 감사를 다 못하고 사네요. '연하(年賀)란 새해를 축하함'이란 뜻이지요. 또 한 해를 보내면서 안부를 전할 겸 연하장 한 장 쓰고 싶어집니다. "나도 카드 한 장 정성스레 부칠 데는 있을 것이다. 진심으로 새해 인사하고 싶은 사람 있을 것이다. 단 한 장의 카드 살 때 이미 마음속에 정해져 있었을 것이다. 다리 아픈 고생 끝에 아름다운 카드 하나 골라 쥐었을 때 번지던 기쁨. 올 12월에는 거기로 새해 카드를 보내자." 이진명 시인의 〈카드 한 장〉이라는 시지요. 올해도 애쓴 모두에게 토닥토닥 감사와 사랑 얹은 손을 내밀며, 사랑 빚이 제일 많은 이름을 떠올리며 마음의 연하장을 써 봅니다.

사랑의 물리학

김인육(金寅育 · 1963~)

질량의 크기는 부피와 비례하지 않는다

제비꽃같이 조그마한 그 계집애가
꽃잎같이 하늘거리는 그 계집애가
지구보다 더 큰 질량으로 나를 끌어당긴다,
순간, 나는
뉴턴의 사과처럼
사정없이 그녀에게로 굴러떨어졌다
쿵 소리를 내며, 쿵쿵 소리를 내며

심장이
하늘에서 땅까지
아찔한 진자운동을 계속하였다
첫사랑이었다.

_〈사랑의 물리학〉
「사랑의 물리학」(문학세계사/2016) 전문

요즘 장안의 화제가 되는 최신작을 한 편 골라보았습니다. 젊은

이들 사이에서 특히 인기가 많다고 하지요. 어느 텔레비전 연속극에서 이 시가 나온 모양인데 아주 폭발적인 반응이라고 합니다. 그렇지요. 첫사랑은 그렇게 오는 법이지요. 이 시를 읽다 보니 정현종 시인의 〈방문객〉이란 작품이 떠오르네요. "사람이 온다는 건/실은 어마어마한 일이다/그는/그의 과거와/현재와/그리고/그의 미래와 함께 오기 때문이다"라고 했지요. 맞습니다. 한 사람을 만나는 것도 이렇게 대단하고 위대한 일인데 나는 참 복이 많구나 싶기도 합니다. 2015년 여의도 '말씀진리교회'로 와서 목사님네 가족은 물론 모든 교우를 만났으니, 축복이 아닐 수 없지요. 한 분 한 분이 귀하고 아름다운 주님의 자녀라 생각하면 오늘 내가 사람을 어떻게 만나야 하는가를 다시 배우게 됩니다. 그러면서 자연스레 사람을 찾게 되네요. 한 사람을 주님 품으로 인도한다는 것은 실로 어마어마한 일이 아닐 수 없음을 다시금 깨닫습니다. 한 사람을 전도한다는 것은 생명으로 인도하는 일이기 때문이지요. 그 어떤 값을 치르더라도 생명을 구원하는 일엔 아낄 것이 없다는 생각도 듭니다. 생명을 구원하고 살리는 일보다 더 귀한 일은 없기 때문이지요. 내가 만나는 모든 사람을 첫사랑처럼 만날 수 있었으면 좋겠습니다. 그런 만남처럼 소중한 것이 없음을 다시금 배우며 새해를 기약해 봅니다. 한해의 끝자락에서 먹고 싶지 않아도 먹어야 하는 것, 바로 나이네요. 하지만 어느 글에서도 썼지만 할 일이 남아 있는 사람에게 나이란 축복이기에 또 한 살을 먹는 것이 그리 안타깝단 생각은 들지 않네요. 내 삶을 통해 누군가를 주님 품으로 돌아오게 할 수 있는 삶을 내년에도 살 수 있다면 한 살을 더 먹는 것이 분명 큰 축복일 테니까요.

말씀의 실상(實相)

구상 (具常 · 1919~2004)

영혼의 눈에 끼었던
무명(無明)의 백태가 벗겨지며
나를 에워싼 만유일체(萬有一切)가
말씀임을 깨닫습니다

노상 무심히 보아 오던
손가락이 열 개인 것도
이적(異蹟)에나 접하듯
새삼 놀라웁고

창밖 울타리 한구석
새로 피는 개나리꽃도
부활의 시범을 보듯
사뭇 황홀합니다

창창한 우주, 허막(虛漠)의 바다에
모래알보다도 작은 내가
말씀의 신령한 그 은혜로
이렇게 오물거리고 있음을

상상도 아니요, 상징도 아닌
실상(實相)으로 깨닫습니다.

세월은 세상의 모든 것을 변하게 합니다. 생각해 보면 그것만큼 힘이 센 것도 없다 싶어요. 나이를 먹는다는 것은 허락된 세월을 쓴다는 뜻일 텐데 그 길에서 바라보는 세월은 '감사'를 선물로 주네요. 은혜가 아닐 수 없습니다. 세월이 흐르면서 지난날 감사하지 못했던 부분까지 자꾸 감사가 나옵니다. 때론 나를 아프게 하고 힘들게 했던 것들에게조차 마음의 무장을 해제시키는 것을 보면 역시 세월은 힘이 세구나 싶지요. 모두 오늘이 살기 어렵고 힘들다고 아우성치지만, 타인과의 비교를 잠시 내려놓고 가만 생각해 보면 이만큼의 삶에도 감사는 차고 넘침을 체감합니다. 문제는 이런 마음을 평생 얼마나 전했을까 생각하니 얼굴이 화끈거리네요. 전하지 않으면 상대가 어떻게 알까요. 그것은 모든 것이 마찬가질 겁니다. 그중에 어떤 것이 가장 좋은 소식일까요. 맨 먼저 떠오르는 것은 역시 당신으로 인해 고마웠다는 감사입니다. 부모·형제는 물론 친인척이 지금도 그 자리에 그대로 계시다는 것이 고맙고 감사하네요. 그들 모두가 나도 모르게 나를 위해 기도해 주신 분들이란 생각을 할라치면 나의 나 됨이 나 혼자만의 노력의 결실이 아니라는 것을 새삼 깨닫게 됩니다. 함에도 그동안 내 소홀했던 감사가 이렇게 명절이 되면 더 절절히 와닿는 것 같네요. 오늘 내가 사랑의 안부를 전하지 않으면 서운해하실 분이 누구일지 내심 생각해 보며 그와 나의 역사를 되짚어 보기도 합니다. 때론 그로 인해 아프기도 했더라도 분명 그는 나의 스승이었음을 고백하지 않을 수 없네요. 그로 인해 나는 한 뼘 더 성숙했고 보지 못하고 깨닫지 못했던 생각의 폭에 열정의 불꽃을 피울 수 있었음 또한 사실이니까요. 부모·형제는 물론 친인척을 만나는 것처럼 행복한 일은 세상에 없습니다. 사랑의 덕담으로 사랑의 빛도 갚는 넉넉한 명절이 됐으면 좋겠군요.

말을 위한 기도

이해인(李海仁 · 1945~)

내가 이 세상에 태어나
수없이 뿌려 놓은 말의 씨들이
어디서 어떻게 열매를 맺었을까
조용히 헤아려 볼 때가 있습니다

무심코 뿌린 말의 씨라도
그 어디선가 뿌리를 내렸을지 모른다고 생각하면
왠지 두렵습니다
더러는 허공으로 사라지고
더러는 다른 이의 가슴속에서
좋은 열매를 맺고 또는 언짢은 열매를 맺기도 했을
언어의 나무

주여

내가 지닌 언어의 나무에도
멀고 가까운 이웃들이 주고 간
크고 작은 말의 열매들이
주렁주렁 달려 있습니다

둥근 것 모난 것
밝은 것 어두운 것
향기로운 것 반짝이는 것
그 주인의 얼굴은 잊었어도
말은 죽지 않고 살아서
나와 함께 머뭅니다

살아 있는 동안 내가 할 말은
참 많은 것도 같고 적은 것도 같고
그러나 말이 없이는
단 하루도 살 수 없는 세상살이

매일매일 돌처럼 차고 단단한 결심을 해도
슬기로운 말의 주인 되기는
얼마나 어려운지
날마다 내가 말을 하고 살도록
허락하신 주여
하나의 말을 잘 탄생시키기 위하여
먼저 잘 침묵하는 지혜를 깨우치게 하소서

헤프지 않으면서 풍부하고
경박하지 않으면서 유쾌하고
과장하지 않으면서 품위 있는
한 마디의 말을 위해
때로는 진통 겪는 어둠의 순간을

이겨 내게 하소서

참으로 아름다운 언어의 집을 짓기 위해
언제나 기도하는 마음으로
도(道)를 닦는 마음으로 말을 하게 하소서
언제나 진실하고
언제나 때에 맞고
언제나 책임 있는 말을
갈고 닦게 하소서

내가 이웃에게 말을 할 때에는
하찮은 농담이라도
함부로 지껄이지 않게 도와주시어
좀 더 겸허하고
좀 더 인내롭고
좀 더 분별 있는
사랑의 말을 하게 하소서

내가 어려서부터 말로 저지른 모든 잘못
특히 사랑을 거스른 비방과 오해의 말들을
경솔한 속단과 편견과
위선의 말들을 주여 용서하소서

나날이 새로운 마음, 깨어 있는 마음
그리고 감사하는 마음으로

내 언어의 집을 짓게 하시어
해처럼 환히 빛나는 삶을
노래처럼 즐거운 삶을
당신의 은총 속에 이어 가게 하소서 아멘.

말은 그 사람의 전부입니다. 시집 「오늘은 내가 반달로 떠도」
에서.

모든 순간이 꽃봉오리인 것을

정현종(鄭玄宗 · 1939~)

나는 가끔 후회한다
그때 그 일이
노다지였을지도 모르는데…
그때 그 사람이
그때 그 물건이
노다지였을지도 모르는데…
더 열심히 파고들고
더 열심히 말을 걸고
더 열심히 귀기울이고
더 열심히 사랑할걸…

반벙어리처럼
귀머거리처럼
보내지는 않았는가
우두커니처럼…
더 열심히 그 순간을
사랑할 것을…

모든 순간이 다아

꽃봉오리인 것을
내 열심에 따라 피어날
꽃봉오리인 것을!

_〈모든 순간이 꽃봉오리인 것을〉
「사랑할 시간이 많지 않다」(문학과지성사/2018) 전문

세상에 스승 아닌 사람이 없고 스승 아닌 만물이 없습니다. 사람을 포함하여 만물이 스승이라 생각하니 일찍이 공자의 "세 사람이 함께 길을 가면 거기에는 반드시 나의 스승이 있다(三人行, 必有我師焉)."란 말이 떠오르네요. 대단한 경지가 아닐 수 없습니다. 이른 봄 꽃들이 지천으로 피어나고 있네요. 꽃봉오리를 맺고 또 피어나는 탄생의 아름다움이 머리를 숙이게 합니다. 남녘이 아니더라도 아파트 주변에 벌써 산수유가 제일 먼저 피었고 목련도 한껏 부풀어 올랐어요. 아름답습니다. 만개한 꽃도 예쁘지만, 그 며칠 안 되는 핌(開花)의 역사를 위해 꽃나무들도 1년을 그렇게 기다리며 준비하는 것을 보면서 놀라운 창조 섭리를 다시 생각하게 됩니다. 그러면서 감사하게 되네요. 순리의 아름다움이라고나 할까요. 하루가 다릅니다. 나는 인간사는 물론이려니와 자연의 소멸도 아름답다 생각하지만 정말로 탄생과는 비교할 수 없다고 생각하지요. 그만큼 더 아름다워요. 이런 세상에 태어나 신의 섭리를 배우며 사랑받고 사랑하며 감사할 수 있다는 것이 얼마나 큰 축복인지요. 지식보다 지혜가 더 소중함을 이젠 모르지 않습니다. 다만 욕심이라면 깨닫는 자(覺者)로 살고 싶다는 것이지요. 하나님께서 모든 것을 나에게

주셨는데 도대체 그것이 뭔지도 무슨 뜻인지도 모르고 그냥 그렇게 산다면 그게 얼마나 답답한 노릇인가 싶기 때문이지요. 현자(賢者)는 못되더라도 이제 더는 노다지였을지도 모른다는 후회는 진정하고 싶지 않기 때문입니다. 나이가 몇인데 아직도 그 세미한 음성을 듣지 못한다면 하나님께서도 얼마나 안타까워하실까 싶어집니다. 이 세상에서 내가 만나는 모두를 예수님처럼 대할 순 없어도 모든 순간이 꽃봉오리인 것을 자각하며 또 잊지 않으며 이 찬란한 새봄을 보내고 싶어집니다.

살과 살이 닿는다는 것은

살과 살이 닿는다는 것은
참 좋은 일이다
가령
손녀가 할아버지 등을 긁어 준다든지
갓난애가 어머니의 젖꼭지를 빤다든지
할머니가 손자 엉덩이를 툭툭 친다든지
지어미가 지아비의 발을 씻어 준다든지
사랑하는 연인끼리 입맞춤을 한다든지
이쪽 사람과 위쪽 사람이
악수를 오래도록 한다든지
아니
영원히 언제까지나 한다든지, 어찌 됐든
살과 살이 닿는다는 것은
참 좋은 일이다.

　꽃 사태를 이룬 세상이 참 아름답습니다. 돋아나는 새순의 크기
도 하루가 다르네요. 풀잎도 몸통을 키우며 성근 봄의 향연에 몸
을 풍덩 담그고 하늘과 바람 세상에 인사를 건넵니다. 지나가던 하

늘 새가 활짝 웃으며 화답하는 멋진 풍경이 바로 문 앞에서 펼쳐지고 있네요. 아름다운 세상입니다. 누군가에게 이 곱고 순결한 봄의 언어를 한 아름 전하고 싶어져요. 봄처럼 아름다운 계절이 또 있을까 싶습니다. 그것은 아마도 봄은 탄생의 계절이기 때문이겠지요. 이 세상에 생명처럼 소중한 것이 어디에 또 있으려고요. 가장 위대한 일은 바로 생명을 살리는 일이고 가장 슬픈 일은 생명을 죽이는 것이겠지요. 그러기에 생명을 살리는 일은 지상의 행위 중 가장 아름다운 사람의 길이며 행위라 여겨집니다. 그것은 종교 또한 다르지 않지요. 배고픈 사람에게 허기를 면하게 해 주는 일도 작은 일은 아니지만, 영원한 생명으로 인도하는 일은 그래서 최고의 가치가 있다 하겠습니다. 사람은 사랑으로 살지요. 사랑으로 살지 않는 사람은 아무도 없습니다. 몰라서 그렇지 누군가는 늘 나를 위해 끊임없이 기도하고 있음을 우리는 종종 잊을 때가 많지요. 그럴지라도 당신을 아끼고 사랑하는 누군가는 오늘도 당신을 위해 간절히 기도하고 있음을 잊지는 말아야겠습니다. 이 시를 읽을 때마다 자신의 장애보다 세상의 장애를 더 아파했던 맑은 영혼의 시어(詩語)들이 폭포처럼 큰 함성으로 울립니다. 그는 정말로 영혼이 맑았던 중증의 뇌성마비 시인이었지요. 세상은 그를 사랑하지 못했으나 그는 온몸으로 세상을 안아(포옹) 우리를 부끄럽게 했던 시인이었습니다. 시인이여, 닮아 가겠습니다.

詩集

윤석위^(1952~)

詩集을 사는 일은
즐겁다
그중에서도 아이들 책을 사다가
모르는 이의
불꽃같은 詩가 있는
詩集을
덤으로 사는 일은 즐겁다.

어떻게 생각하면 사람의 일생은 평생 뭣인가를 구매하는 긴 여정
인지도 모르겠습니다. 특히 이 도회지의 삶이란 자급자족이 거의
불가능하므로 거의 남이 만들어 놓은 것을 사 쓸 수밖에 없지요.
생각해 보면 현대인의 삶이란 그만큼 타인의 도움을 받고 있다 하
겠지요. 매일 먹는 쌀 한 톨도 농부의 88번의 수고가 곁들여진 결
과물이란 얘기도 있지요. 아마도 88이란 숫자는 여덟 팔이 두 개가
겹친 쌀 미(米)자 때문에 만들어진 말이 아닌가 싶기도 하지만, 그만
큼 타인의 수고가 없으면 나도 없음을 다시 생각하게 됩니다. 그런
데 그 수많은 것 중에서 무엇을 살 때 제일 행복하셨나요? 나는 당

연히 책입니다. 책은 나에게 있어 영의 양식뿐만 아니라 나를 키워 온 자양분이기에 그 마음은 세월이 흘러도 변함이 없는 것 같군요. 먹는 것, 입는 것, 그리고 필요한 생활 도구들 그 모두의 값어치를 다 합쳐도 책을 살 때만큼의 즐거움은 없었던 것 같습니다. 지금도 마찬가지지만, 좋은 책을 고르고 사는 기쁨과 행복은 다른 것과는 비교할 수 없지요. 책을 읽지 않는 시대란 말을 하지만 나는 아직도 그리고 앞으로도 책은 영원하리라 생각하거든요. 자녀의 손을 잡고 서점을 찾는 부모는 얼마나 멋진가 싶어요. 처음엔 이런저런 책을 골라 주다 아이가 커 가면서 자기의 눈높이대로 좋은 책을 스스로 골랐을 때의 그 짭짤한 행복을 우리 부모들은 이미 경험했을 터입니다. 책을 사는 것은 참 행복하지요. 읽지 않고 머리맡에 쌓아 놓아도 그냥 행복한 것은 책뿐이 아닐까 싶기도 해요. 좋은 책은 생명과도 같습니다.

업어 준다는 것

박서영 (1968~2018)

저수지에 빠졌던 검은 염소를 업고
노파가 방죽을 걸어가고 있다
등이 흠뻑 젖어들고 있다
가끔 고개를 돌려 염소와 눈을 맞추며
자장가까지 흥얼거렸다

누군가를 업어 준다는 것은
희고 눈부신 그의 숨결을 듣는다는 것
그의 감춰진 울음이 몸에 스며든다는 것
서로를 찌르지 않고 받아 준다는 것
쿵쿵거리는 그의 심장에
등줄기가 청진기처럼 닿는다는 것

누군가를 업어 준다는 것은
약국의 흐릿한 창문을 닦듯
서로의 눈동자 속에 낀 슬픔을 닦아 주는 일
흩어진 영혼을 자루에 담아 주는 일

사람이 짐승을 업고 긴 방죽을 걸어가고 있다

한없이 가벼워진 몸이
젖어 더욱 무거워진 몸을 업어 주고 있다
울음이 불룩한 무덤에 스며드는 것 같다.

　세월이 흘러도 아주 오래전 고향에서 어머니께서 포대기로 나를 둘러업고 바로 이웃집 결혼식에 구경 갔었던 기억 하나가 지금도 또렷이 생각납니다. 물론 열 살도 채 못 됐을 때 이야기지요. 그런데도 그렇게 포근하게 느껴졌던 역사가 또 있었을까 싶어요. 그리고 열 살 이후엔 처음이자 마지막으로 아버지 등에 업혔던 추억입니다. 안면도 창기리 산약골이란 곳에서 살 때였는데, 당시 백사장 모래밭에 국책사업의 목적으로 큰 공사를 시작했을 때, 높으신 분이 헬리콥터를 타고 오던 날 모든 이웃이 구경하러 갔을 때, 나는 김을 말리던 건조장 꼭대기로 기어 올라갔지요. 그때 아버지께서 다가오시더니 '업혀라' 하시더라고요. 아버지를 생각하면 맨 먼저 떠오르는 행복한 기억입니다. 마침 헬리콥터가 착륙인지 이륙을 했던 관계로 모래 먼지가 사람 키보다 훨씬 더 높게 날렸던 기억이 또렷이 남아 있습니다. 그 포근했던 장면은 평생 부모님을 생각할 때마다 잊히지 않는 가장 아름다운 기억 중의 하나가 됐지요. 지난날 휠체어를 사기 전까지 작은형님의 등을 수없이 빌렸지만, 부모님 등에 업혔던 것하고는 상반된 것이기에 색깔이 다르더라고요. 형님께는 빚진 마음이지만, 부모님께는 그런 마음이 들지 않음이 이상스럽기까지 합니다. 누군가를 업어 준다는 것! 그것은 정말로 아름다운 인간의 행위 중 으뜸이 아닌가 싶어요. 어떻게 생각하면 타인을 업어 줄 수 없기에 더 이런 마음을 가졌는지는 모르겠지만, 그것은 얼마나 많은 뜻을 담고 있는가 싶어 생각하면 가슴이 뭉클해지기도 하지요. 업어 줄 수만 있다면 정말로 업어 주고 싶은 사람이 주변엔 정말로 많습니다. 나는 이 마음이 복이라 생각해요. 그만큼 빚이 많다고도 할 수 있지요. 은혜를 입은 모든 이들을 업어 주고 싶은 마음! 가장 귀하고 아름다운 사랑의 마음 꽃이라 여겨집니다.

저녁별처럼

문정희(文貞姬 · 1947~)

기도는 하늘의 소리를 듣는 것이라
저기 홀로 서서
제자리 지키는 나무들처럼

기도는 땅의 소리를 듣는 것이라
저기 흙 속에
입술 내밀고 일어서는 초록들처럼

땅에다
이마를 겸허히 묻고
숨을 죽인 바위들처럼

기도는
간절한 발걸음으로
한 번도 가 보지 못한
깊고 편안한 곳으로 걸어가는 것이다
저녁별처럼.

일 년 중 가장 더운 '복' 더위가 시작되었습니다. 며칠 전 초복이 지났지요. 앞으로 약 한 달 이상은 극심한 불볕더위와 씨름을 해야 할 것 같습니다. 하지만 여름이 여름답다는 것은 얼마나 아름답고 감사한 일인가요. 덥기에 여름이니 불평하는 마음보다 여름을 즐기는 자세가 훨씬 더 멋진 생각이겠지요. 나는 여름만 되면 그 옛날 여름 풍경이 생각납니다. 어머니는 식사 때마다 거의 국을 끓이셨는데, 이맘때가 되면 텃밭에서 따온 호박을 숭숭 썰어 넣고 새우젓을 듬뿍 풀어 끓이셨는데 그 맛을 지금도 잊지 못합니다. 환상 그 자체였지요. 아버지께서는 대개 비 올 때 밀짚으로 엮어 만든 멍석은 최고의 돗자리였습니다. 밤이면 집 밖에다 그것을 펴고 온 식구가 그곳에서 모깃불 피워 놓고 별을 보며 풋콩과 감자를 까먹었지요. 무수한 하늘의 별이 반갑다 인사하고 모기를 쫓기 위해 피워 놓은 밭 가 모깃불에서 성근 쑥대가 타는 냄새는 맡기 좋은 향기였습니다. 밤이 깊어져 가면 주춤했던 바람이 다시 일어 부채질을 하지 않아도 되었고 이슬이 4절까지 노래를 부를 때쯤엔 모기장이 쳐진 방안으로 입수하곤 했지요. 모기와 깔따구는 여름이면 가장 성가신 존재였습니다. 삶과 기도가 완벽한 하나였던 아름다운 여름날의 풍경이 숱한 세월의 기억을 뚫고 다시 이렇게 피어나네요. 오늘 하루의 삶이 저녁별처럼 보낼 수 있을 때 이 아름다운 여름을 더 노래할 수 있을 것 같습니다.

생일 아침

김병호(金炳昊 · 1971~)

면도를 하다 거울을 봅니다
도금이 벗겨진 메달 같습니다
의류 수거함 앞에 떨어진 속옷이나
멍이 달짝지근한 복숭아 낙과나
한겨울에 쫓겨난 아이의 맨발 같기도 합니다
아직 한참을 늙어야 할 얼굴입니다
어떤 표정이 오늘을 길러 왔을까요
아침은 처음부터 아침이었을까요.

_〈생일 아침〉
「백핸드 발리」(문학수첩/2017) 전문

회갑이 되었습니다. 어쩌다 보니 세월이 이렇게 훌쩍 흘렀네요. 제 고향 서해안의 아름다운 섬 삽시도에서 회갑은 까마득한 어른들만의 것이었습니다. 아버지와 작은아버지의 회갑연도 그렇게 치르셨지요. 그날은 온 동리 잔칫날이었습니다. 몇 날 며칠 집안에서 음식을 장만한 후 집안 대소가는 물론 모두가 모여 며칠 그렇게 치르던 생각이 납니다. 자손들이 절을 올렸고 친인척은 물론 동네의 잔치로 치러졌던 회갑 잔치! 세월은 흘러 이제 회갑연을 하는 사람은 거의 찾아볼 수 없지요. 백세시대란 말이 현실로 다가왔기 때문입니다. 불과 몇 십 년 사이 이렇게 큰 변화가 왔네요. 우리네 삶에서 회갑은 인생의 종착점과도 같았습니다. 인생의 마무리를 뜻하기도 했지요. 죽어도 좋을 나이가 됐다는 의미가 함축돼 있었으니까요. 하지만 다 옛말이 되었습니다. 이제 회갑은 생의 삼 분의 이를 보내고 새로운 30년을 준비해야 하는 시발점을 의미한다고 할 수 있지요. 어떻게 나이를 먹느냐는 실로 대단히 중요하다고 생각합니다. 지금껏 살아온 생애에 새로운 삼십 년의 역사를 새로 써야 하는 것이기 때문이지요. 하지만 늙어 가는 몸으로 품위 있게 나이를 먹는다는 것이 좀처럼 쉽지 않은 당면과제란 생각도 해 보게 됩니다. 우아하고 고상하며 품위 있게 나이를 먹고 싶지 않은 사람이야 세상 어디에 있을까요. 아마도 없을 겁니다. 중요한 것은 그것이 상여금처럼 거저 주어지지 않는다는 것이지요. 제일 중요한 것은 뭐니뭐니 해도 할 일이 있어야 한다는 것입니다. 그것도 창의적인 생각의 끈을 놓지 않으면서 자신은 물론 속한 공동체에 아름다운 일원으로 동행할 수 있다면 얼마나 좋을까 싶습니다. 모든 사람의 소망인 품위 있게 나이를 먹는 최고의 방법은 과연 무엇일까요. 나는 첫째도 둘째도 이제부터는 하나둘 욕심을 내려놓으며 덕(德)을 쌓는 삶이 아닐까 싶습니다. 품위 있게 나이를 먹는다는 것은 오늘 나에게 당장 주어진 가장 큰 인생의 숙제네요.

대화

마종기(馬鍾基 · 1939~)

(…)

아빠는 아빠 나라로 갈 거야?

아무래도 그쪽이 내게는 정답지

여기서는 재미 없었어?

재미도 있었지

근데 왜 가려구?

아무래도 더 쓸쓸할 것 같애

죽어두 쓸쓸한 게 있어?

마찬가지야. 어두워

내 집도 자동차도 없는 나라가 좋아?

아빠 나라니까

나라야 많은데 나라가 뭐가 중요해?

할아버지가 계시니까

돌아가셨잖아?

계시니까

그것뿐이야?

친구도 있으니까

지금도 아빠를 기억하는 친구 있을까?

없어도 친구가 있으니까

기억도 못해 주는 친구는 뭐 해?
내가 사랑하니까.
(…)

    살다 보면 평생 가슴에 묻고 있는 사람이 있습니다. 연인이나 애인이 아니어도 그런 사람이 있더라고요. 한때는 서로 사랑했던 사람 또한 마찬가지겠지요. 소식은 닿지 않지만 어디서 어떻게 잘살고 있을지 하는 마음이 잔잔한 강이나 바다처럼 그렇게 가슴속에서 빠져나가지 않는 사람 말입니다. 세월은 추억을 만들고 때론 그 아련한 추억 속에 가끔은 회상의 나래를 한껏 펼쳐보기도 하지요. 그렇다고 엄청 그립다거나 보고 싶은 것도 아니지만 말입니다. 생각하면 잘살고 있겠지 하는 마음이 들면서 이어졌던 순간들이 바로 어제처럼 떠오르는 그런 사람이 있다는 것도 좋구나 하는 마음으로 살아온 것 같습니다. 나에게도 그런 분들이 참 많습니다. 그렇다고 딱히 연락처를 수소문한다든지 알아보려 애쓰지도 않으면서 가슴속에만 올올히 살아 있는 썰물 같은 추억의 사람들이지요. 나는 굳이 찾을 필요는 없다고 생각합니다. 모두 현실을 살고 있고 나와 이어졌던 그날들과는 모든 것이 변했을 테니까요. 그리운 사람은 그리운 그대로 가슴에 묻고 사는 것이 제일 좋다 싶지요. 지난주 나는 아주 후회를 많이 했습니다. 40년도 훨씬 더 전에 6년간 편지를 주고받았고 일 년이면 한두 차례 만나기도 했던 분한테 연락이 닿아 카톡을 보냈지요. 내가 책을 냈노라고 주소를 찍어 주면 보내 주겠다고 했는데도 주인공은 전혀 반가워하지 않는 것이었습니다. 어디에 사느냐고 물어도 대답도 없는 것이었습니다. 괜히 연락했다는 후회가 들더라고요. 내가 잘못했구나! 했지요. 순간 당혹스럽기도 했어요. 나는 몇 십 년을 잊지 않고 가슴에 묻고 살았는데 상대는 그렇지 않았구나 싶었을 때 찾아오는 후회랄까요. 미당은 그리운 사람을 그리워하자고 했지만, 세상을 산다는 것은 모든 것을 변하게 하고 내 생각과 똑같지 않다는 것을 다시 배웠네요.

하나님, 놀다 가세요

신현정(1948~2009)

"하나님 거기서 화내며 잔뜩 부어 있지 마세요
오늘따라 뭉게구름 뭉게뭉게 피어오르고
들판은 파랑 물이 들고
염소들은 한가로이 풀을 뜯는데
정 그렇다면 하나님 이쪽으로 내려오세요
풀 뜯고 노는 염소들과 섞이세요
염소들의 살랑살랑 나부끼는 거룩한 수염이랑
살랑살랑 나부끼는 뿔이랑
옷 하얗게 입고
어쩌면 하나님 당신하고 하도 닮아서
누가 염소인지 하나님인지 그 누구도 눈치 채지 못할 거예요
놀다 가세요 뿔도 서로 부딪치세요."

　하늘의 구름이 여간 높지 않습니다. 아침에 병원에 갔다 오다 보니 길가 감나무의 감도 어찌나 탐스럽게 익어 가던지요. 제철을 따라 성글어 가는 오곡은 물론 과일이 마음밭을 풍요롭게 합니다. 하나님의 섭리가 아름다운 이유겠다 싶어요. 세상의 모든 사람을 먹

92　삶의 詩 詩의 삶

이시고 입히시며 재울 곳을 마련하시느라 하나님은 얼마나 바쁘시고 분주하실까 싶을 때가 많습니다. 만국의 언어에 능통하단 것 때문에 쉬지도 않으시며 세인의 목소리를 다 들어야 하는 하나님의 누적된 피로가 얼마일까 싶어 좀 쉬시라고 권면해 드리고 싶어졌습니다. 하나님도 때론 인간사에 서글프고 슬퍼서 울기도 하시나요? 그렇다면 정말로 시인의 노래처럼 오셔서 놀다 가시라고 하고 싶어집니다. 너무 높은 곳에 계셔서 세상의 모든 아픔과 시름과 그리고 사람들의 절망을 다 모르시진 않겠지만, 하나님이 피곤하시면 이 세상이 어찌 될 거나 싶어 좀 휴가를 나오시면 좋겠단 생각입니다. 우리가 사는 세상, 생각보단 참 아름다운 곳이지요. 모두 열심히 살고 있거든요. 이런저런 안타까움과 슬픔이 없는 것은 아니지만, 이렇게 좋은 계절도 주시고 또 열심히 살 수 있는 마음도 주셔서 계절의 풍요와 함께 오늘 하늘을 한 번 더 쳐다볼 수 있는 것은 순전히 은혜가 아닐 수 없지요. 모든 것에 감사를 못했던 마음을 이젠 진정 내려놓고 아주 사소하고 작은 것에도 진정 최고의 감사를 전하고 싶어집니다. 내가 나 된 것은 그냥 저절로 된 것이 아님을 늦게라도 깨닫기에, 오늘 나의 감사는 예전과 같지 않음을 감사해합니다. 오늘 내가 만나는 모두를 더욱더 사랑할 수 있었으면 정말 제일 좋겠습니다. 거기에 한 뼘쯤 자란 감사를 덧입힐 수 있다면 금상첨화겠지요. 당신께서 창조한 세상의 모든 질서에 찬미를 올려드립니다.

경청

정현종(鄭玄宗 · 1939~)

불행의 대부분은

경청할 줄 몰라서 그렇게 되는 듯

비극의 대부분은

경청하지 않아서 그렇게 되는 듯

아, 오늘날처럼

경청이 필요한 때는 없는 듯

대통령이든 신(神)이든

어른이든 애이든

아저씨든 아줌마든

무슨 소리이든지 간에

내 안팎의 소리를 경청할 줄 알면

세상이 조금은 좋아질 듯

모든 귀가 막혀 있어

우리의 행성은 캄캄하고

기가 막혀

죽어 가고 있는 듯

그게 무슨 소리이든지 간에,

제 이를 닦는 소리라고 하더라도,

그걸 경청할 때

지평선과 우주를 관통하는

한 고요 속에

세계는 행여나

한 송이 꽃 필 듯.

_〈경청〉
「견딜 수 없네」 (문학과지성사/2013) 전문

　사람에게 입이 하나고 귀가 둘이라는 것은 참 오묘한 의미와 뜻이 담겨 있다고 하겠습니다. 듣기를 말하기보다 두 배로 하란 뜻이겠지요. 그만큼 듣는 것이 중요하다 하겠습니다. 농인(聾人)들의 예지만 실제로 그들은 듣지 못해 말을 하지 못하는 경우가 많다고 하네요. 한국인들이 영어를 잘하지 못하는 이유도 물론 여러 가지가 있겠지만, 들을 기회가 적기 때문이기도 하지요. 귀의 노출은 곧바로 언어의 소통으로 연결되는 경우가 참 많습니다. 언어뿐만은 아니겠지요. 사람에게 듣는 것은 참으로 중요합니다. 듣고 분별하며 판단하는 것이 삶이니까요. 문제는 들으려고 하는 사람이 점점 줄어든다는 사실입니다. 남의 얘기에 귀를 기울일 짬이나 틈이 그만큼 엷어져 간다는 뜻이지요. 자기만의 문제로도 벅차므로 남의 얘기에 신경 쓸 경황이 없다는 것입니다. 시대의 흐름이라고 치부해 버리기엔 너무 많은 것을 담고 있다 싶지요. 교회에서 목사님의 설교도 점점 짧아지고 있고 강연을 비롯한 모든 것이 그런 추세라고들 하지요. 정말 그런 것 같습니다. 설교나 강론이 길어지면 손을 모은다는 우스갯소리도 있지요. 끝나면 손뼉을 치려고 준비하고 있다는 뜻이랍니다. 타인의 얘기를 들어줄 수 있는 가슴을 상실한 오늘, 무엇이 나를 채우고 있는가를 묻네요. 아무짝에도 쓸데없는 것들로 영육을 가득 채우고 있는 것은 아닌지 자문하며 내 삶에서 버려도 좋을 것들의 품목을 헤아려 봅니다. 그중에 제일은 아마도 아집과 독선, 그리고 편협이 아닐까 싶기도 하네요. 쓸데없는 것은 버려야 남의 얘기를 들을 수 있는 귀가 열리고 높아 가는 하늘을 한 번 더 쳐다보게 되지 않을까 싶어요. 가을은 당신의 얘기를 더 경청하는 멋진 계절로 만들고 싶어집니다.

추석 전날 달밤에 송편 빚을 때

추석 전날 달밤에 마루에 앉아
온 식구가 모여서 송편 빚을 때
그 속에 푸른 풋콩 말아 넣으면
휘영청 달빛은 더 밝아 오고
뒷산에서 노루들이 종일 울었네

"저 달빛엔 꽃가지도 휘이겠구나!"
달 보시고 어머니가 한마디 하면
대수풀에 올빼미도 덩달아 웃고
달님도 소리 내어 깔깔거렸네
달님도 소리 내어 깔깔거렸네.

누구에게나 추석에 대한 추억은 많습니다. 그만큼 추석은 한국인
에게 특별한 명절이기도 하지요. 추석 하면 나는 맨 먼저 각 방의
문을 떼어 종이를 새로 바르던 생각이 납니다. 헌 종이를 모두 떼
어 내고 미리 사 두었던 문종이를 바르는 것이지요. 문고리가 있는
부분은 두 겹을 바르기도 하고 잘 말린 코스모스나 그 외 예쁜 꽃

2부 가슴 뭉클하게 살아야 한다 97

을 사이에 넣기도 했었습니다. 밀가루로 풀을 쑤어 식힌 후 풀질할 때면 추석이 다가오고 있음을 체감하곤 했지요. 어머니는 몇 차례 장에 다녀오셨는데 그때마다 추석날 입을 새 옷은 그날을 손꼽아 기다리게 했습니다. 종종 장사꾼들이 머리에 이거나 혹은 등짐을 지고 새 옷을 팔러 다니기도 했었지요. 다른 사람들은 새 신도 사 놓고 신을 날을 기다렸지만, 나는 해당이 되지 않았습니다. 추석 사흘 전이 되면 어머니는 송편 빚을, 준비를 하셨고 전날은 식구 모두 솜씨를 발휘하는 날이기도 했습니다. 나도 많이 빚었지요. 송편과 떡을 찌고 객지에서 돌아올 형제들을 기다리는 추석은 설렘 그 자체였습니다. 온 가족이 둘러앉아 밥을 먹고 이웃을 방문하는 추석은 그래서 우리네 가슴에 그렇게 모여야 하는 날로 각인이 된 것 같습니다. 그립고 보고 싶은 사람을 만나고 다시 각자의 처소로 돌아온다는 것은 피곤한 것이 아니라 곧 새로운 에너지를 얻는다는 것을 의미했기에 우리의 명절이 얼마만큼 소중한 날이었던가를 다시 생각하게 하지요. 추석이 지났습니다. 나도 발안 형님 댁에서 30여 명과 함께 잘 지내고 왔습니다. 힘이 솟네요. 오늘 세상을 산다는 것은 얼마나 어려운가요. 그 힘듦과 고통을 이겨 낼 수 있는 것은 부모·형제애가 주는 것이라 여겨집니다. 또 열심히 잘 살아야겠지요. 특히 부모·형제의 돈독한 정과 사랑은 살맛을 더하게 하는 은혜의 선물입니다.

평화롭게

김종삼(金宗三 · 1921~1984)

하루를 살아도
온 세상이 평화롭게
이틀을 살더라도
사흘을 살더라도 평화롭게

그런 날들이
그날들이
영원토록 평화롭게—

　세상이 가을의 넉넉한 풍경과는 다르게 참으로 어지럽고 혼란스
럽습니다. 오늘날 조국의 상황이 세계의 유일한 분단국가의 어쩔
수 없는 아픔이라 해도 이건 너무한다 싶을 때가 많습니다. 나는
몇 개의 신문을 구독하고 있는데, 안 읽고 안 들었으면 더 좋을 소
식들이 너무 많다는 것이지요. 신문을 읽다 보면 특히 한반도의 종
말이 코앞에 와 있는 것 같은 착각이 들 때가 많습니다. 연일 쏟아
지는 강대국의 지도자란 사람의 언어는 섬뜩하다 못해 지옥을 연
상시킬 때가 한두 번이 아니지요. 무섭습니다. 언제나 그렇지만 평

화스럽게 살기에도 생은 바쁘고 빠듯하지요. 다투고 싸울 틈이 어디 있겠습니까. 자신이 처한 처지나 상황에서 자기의 몫을 최선으로 다하는 사람들이 많은 사회는 가장 이상적이며 아름다운 국가겠지요. 다양한 사람들이 사는 세상에 이런저런 풍파야 왜 없겠습니까 만, 돌아가는 정세와 날 선 언어의 폭력은 도를 넘고 있지요. 전쟁을 못해 혈안이 된 광기의 흐름은 마음밭을 병들게 하고 평화롭게 살아야 할 조국 한반도에 긴장을 고조시키고 있지요. 있을 수 없는 일들이 이 시대에 버젓이 공존하고 있다는 것이 안타깝기도 합니다. 누구나 거창하게 세계의 평화까지는 아니더라도 오늘 내 생각과 삶이 타인에게 기쁨은 못 줄망정 아픔과 슬픔을 줘서는 안 되겠지요. 방법은 없는 것 같습니다. 오늘 내가 그리스도인으로서 지금이 바로 나라와 국가의 평안과 평화를 위해 기도해야 하는 때라는 것이지요. 나 혼자의 힘은 미약하나 하나님 함께하시니 시대의 이 어지러운 폭력의 말놀이를 멈추고 이 땅에 영원한 안녕과 〈평화롭게〉라는 시인의 기원이 찬란히 꽃필 날을 고대합니다.

새는 자기 길을 안다

김종해(金鍾海 · 1941년~)

하늘에 길이 있다는 것을
새들이 먼저 안다
하늘에 길을 내며 날던 새는
길을 또한 지운다
새들이 하늘 높이 길을 내지 않는 것은
그 위에 별들이 가는 길이 있기 때문이다.

사람이 자기 길을 간다는 것처럼 중요한 일이 세상 어디에 또 있을까요. 그래서 자기가 가야 할 길을 안다는 것은 실로 대단히 중요하다 하겠지요. 젊어서는 그것을 잘 몰라 숱한 시행착오를 하는 경우가 많은 것 같습니다. 십 대부터 자기의 갈 길을 정한 후 매진하는 젊은이가 있는가 하면 평생 그렇지 못한 경우도 안타깝지만 없지 않지요. 저 또한 십 대 때 많은 방황 중에 무엇을 해서 먹고살 것인가를 고민할 때, 앉아서 할 수 있는 기술을 배워야 한다는 주변의 많은 권유가 하나도 귀에 들어오지 않고 오직 공부에만 관심이 있었던 것은 참 우연이 아니었단 생각이 들지요. 평생을 과외선생으로 살 수 있다는 것이 오늘도 행복의 노래를 부르게 하니 분명 '나의 길'이 그렇게 은혜 중에 정해졌고 40년 넘게 그 길을 가고 있으니 생각하면 감사뿐이지요. 나는 이 시를 읽을 때마다 예수님 께서 "내가 곧 길이요 진리요 생명이니 나로 말미암지 않고는 아 버지께로 올 자가 없느니라(I am the way and the truth and the life. No one comes to the Father except through me)"란 말씀이 떠오릅니다. 아마도 이보다 더 분명한 말씀은 없겠다 싶던 십 대 때가 생각납니다. "내 가 곧 길이요 진리요 생명이니"란 이 짧은 한 말씀만으로도 참신앙 과 내 길의 좌표를 새길 수 있지 않나 싶어요. 그 길을 어떻게 "나 의 길(My Way)"로 걸어가느냐겠지요. 다시 생각해 봐도 자기의 길을 올바르게 가는 사람은 아름답습니다. 그들에게선 삶의 향기가 나 지요. 삶과 신앙의 정도(正度)는 또 얼마나 값지고 멋진가요. 오늘도 욕심이라면 그 길만을 끝까지 가고 싶다는 것입니다. 삶의 중심에 주님을 모시고 닮으려는 정도(正度)의 길은 세상에서 가장 아름다운 "자기 길"입니다.

마음이 머무는 곳에

정일근(1958~)

마음이 머무는 곳에 영혼 머문다
마음이 머문 곳에 영혼 눈뜨며 살아 있다

저무는 가을 바다 만나는
보랏빛 해국(海菊) 피어 있는 언덕길이나
바다로 길을 내는 등대의 불빛 아래
우리보다 먼저 바다를 지극히 사랑한 사람들의 영혼
환한 빛으로 떠돌고 있지 않았던가

가고 싶어 밑줄 그어 놓았던 낡은 해도(海圖) 위로
그대 손때 묻은 젊은 날 섬처럼 빛나듯이
오래 마음 준 격렬비열도(格列飛列島) 섬마다
그대 영혼 담은 푸른 파도가 숨 쉬고 있듯이

사람의 사랑이란 그런 것이다
영혼이 머물도록 마음 주는 것이다
그 사람 떠나간 뒤에도
영혼의 온기 고스란히 남는 것이다

우편으로 받은 섬을 받은 저녁
바다에 마음 모두 준 그대 영혼 읽는다

서쪽 바다 먼 섬에 두고 온 쓸쓸한 영혼
행간마다 책갈피마다 반짝반짝 눈뜨고 있다.

   마음이 있는 곳에 길이 있음은 진리가 아닐 수 없습니다. 생활에서도 마찬가지지요. 마음이 있다는 것은 곧 관심이 있다는 것이고, 관심이 있다는 것은 사랑이 있다는 것과 차이가 없습니다. 가만 생각해 보면 세상사 모든 것이 마찬가지가 아닌가 싶기도 해요. 관심이 있으면 보이지만 없으면 보이지 않습니다. 사랑하지 않을 때는 아무런 관심이 없지만, 사랑하게 되면 모든 것이 보이게 마련이지요. 마음이 머무는 곳에 내가 가야 할 길(방향)이 생기고 그 길은 곧 내 삶이 되는 경우가 대부분인 듯합니다. 그렇다면 관심과 사랑은 과연 어떻게 생길까요. 나는 단연 따뜻한 가슴이 그 열쇠라고 생각합니다. 그 가슴 외엔 관심은 저절로 우러나지 않는 법이니까요. 오직 가슴에 사랑이 있을 때를 제외하고는 마음이 머물지 않는다는 것이 놀라울 뿐입니다. 다행인 것은 사람의 가슴속에는 연민(憐憫)의 정이 있다는 것이군요. 하나님께서 인간을 흙으로 빚으시고 그 코에 생기를 불어넣으셨을 때부터 사람은 사랑으로 살게 하셨다는 것이지요. 사람의 가슴속에 있는 불쌍하고 가련하게 여기는 그 연민의 마음이야말로 가장 아름다운 인간의 뿌리란 생각도 해 봅니다. 지금이야말로 우리 시대가 잃은 그 아름다운 연민의 정과 사랑을 회복할 때지요. 내가 이 세상에서 오늘이라는 선물을 받고 살아 있다는 것은 내 이웃에게 그 연민의 정과 사랑을 쏟아야 한다는 뜻일지도 모릅니다. 삶이 아름다운 것은 나만을 위해 살기 때문이 아니지요. 세상을 향한 연민을 뜨겁게 꽃피울수록 우리가 사는 세상은 더 향기롭겠지요. 게을리할 수 없는 오늘의 당면과제가 아닐 수 없습니다. 가을이 깊어져 가네요. 떨어지는 낙엽 하나에서 우주의 높고 깊은 질서를 발견하며 창조의 섭리를 다시 생각합니다.

그날 나는 슬픔도 배불렀다

함민복(咸敏復 · 1962~　)

아래층에서 물 틀면 단수가 되는
좁은 계단을 올라야 하는 전세방에서
만학을 하는 나의 등록금을 위해
사글세방으로 이사를 떠나는 형님네
달그락거리던 밥그릇들
베니어판으로 된 농짝을 리어카로 나르고
집안 형편을 적나라하게 까 보이던 이삿짐
가슴이 한참 덜컹거리고 이사가 끝났다
형은 시장 골목에서 자장면을 시켜 주고
쉽게 정리될 살림살이를 정리하러 갔다
나는 전날 친구들과 깡소주를 마신 대가로
냉수 한 대접으로 조갈증을 풀면서
자장면을 앞에 놓고
이상한 중국집 젊은 부부를 보았다
바쁜 점심시간 맞춰 잠자 주는 아기를 고마워하며
젊은 부부는 밀가루, 그 연약한 반죽으로
튼튼한 미래를 꿈꾸듯 명랑하게 전화를 받고
서둘러 배달을 나아갔다
나는 그 모습이 눈물처럼 아름다워

물배가 부른데도 자장면을 남기기 미안하여
마지막 면발까지 다 먹고 나니
더부룩하게 배가 불렀다, 살아간다는 게

그날 나는 분명 슬픔도 배불렀다.
_〈그날 나는 슬픔도 배불렀다〉
「눈물은 왜 짠가」(책이있는풍경/2014) 전문

세상이 아름답습니다. 곱게 물든 단풍이 온통 총천연색으로 조국의 산하를 물들이고 있네요. 낙엽 한 잎에서 세상의 이치를 봅니다. 가을에 떨어지는 낙엽은 잘 살은 삶의 표상이지요. 낙엽처럼 살고 싶다는 생각이 전신을 에워쌉니다. 아름다운 사람 또 향기 나는 사람이 누구일까 싶을 때가 있어요. 나는 단연코 열심히 살아가는 사람이라고 생각합니다. 빈부귀천을 떠나 그 어떤 경우에 있더라도 열심히 살아가는 사람은 아름답고 향기가 나지요. 현실을 탓하며 모든 것을 남 탓으로 돌리는 사람에게선 향기가 나지 않지요. 낙엽은 맺었던 순간을 소중히 여기지요. 그리고 떨어질 땐 미련을 두지 않습니다. 나무와 떨어진 이파리에서 깊은 생철학을 배웁니다. 생각해 보면 처절하게 가난을 겪었고 그 가난이 어떤 것인가를 알기에 생의 지평은 한껏 더 넓어졌지요. 그 형극 같은 질곡이 있었기에 생을 아름답게 바라볼 수 있는 안목 또한 터득한 것 같기도 합니다. 시인의 가슴이 참 따뜻하지요?
 "사글셋방으로 이사를 떠나는 형님네"란 구절도 감동이지만 "나는 그 모습이 눈물처럼 아름다워"도 절창입니다. 요즘 세상에 나의 등록금을 대 주기 위해 사글셋방으로 이사를 떠나는 형님네가 과연 계실까 싶기도 합니다. 이 한 구절에도 목이 메고 감전된 듯 전신이 따뜻해지네요. 나는 과연 그렇게 할 수 있을까 싶어서지요. 생을 따뜻하게 하는 일은 결코 내일로 미룰 수 없지요. 바로 오늘 해야 할 나의 일이며 사명입니다. 좁은 공간 서가의 책이 너무 많아 앞으로 천 권쯤으로 차차 줄여 볼 생각을 했습니다. 전해 줄 이를 마음으로 꼽아 보며 가을을 부자(富者)로 사는 나만의 방법을 터득해 보네요. 찾아보면 그리고 또 생각해 보면 이웃에 줄 것이 너무 많군요. 이래저래 행복의 노래를 부를 수 있는 이유입니다.

이슬

정현종 (鄭玄宗 · 1939~)

강물을 보세요 우리들의 피를
바람을 보세요 우리의 숨결을
흙을 보세요 우리들의 살을

구름을 보세요 우리의 철학을
나무를 보세요 우리들의 시를
새들을 보세요 우리들의 꿈을

아, 곤충들을 보세요 우리의 외로움을
지평선을 보세요 우리의 그리움을
꽃들의 三昧를 우리의 기쁨을

어디로 가시나요 누구의 몸 속으로
가슴도 두근두근 누구의 숨 속으로
열리네 저 길, 저 길의 무한—

나무는 구름을 낳고 구름은
강물을 낳고 강물은 새들을 낳고
새들은 바람을 낳고 바람은

나무를 낳고…

열리네 서늘하고 푸른 그 길
취하네 어지럽네 그 길의 휘몰이
그 숨길 그 물길 한 줄기 혈관…

그 길 크나큰 거미줄
거기 열매 열은 한 방울 이슬—
(眞空이 妙有로 가네)

태양을 삼킨 이슬 萬有의
바람이 굴려 만든 이슬 만유의
번개를 구워 먹은 이슬 만유의
한 방울로 모인 만유의 즙—
천둥과 잠을 자 천둥을 밴
이슬, 해왕성 명왕성의 거울
이슬, 벌레들의 내장을 지나 새들의
목소리에 굴러 마침내
풀잎에 맺힌 이슬….

_〈이슬〉
「세상의 나무들」(문학과지성사/1995) 전문

이슬 한 방울에 전 우주가 담겨 있음을 시인은 노래하고 있네요.
시인은 확실히 다릅니다. 그냥 시인이 아니지요. 보통 사람들이 보

지 못하는 것을 보고 느끼지 못하는 것을 느끼는 사람이 바로 시
인이 아닐 수 없습니다. 생각하면 생이란 얼마나 깊은 것인가 싶지
요. 내 의식이 미처 헤아리지 못할 뿐! 관심이 있으면 보이고 없으
면 보이지 않는 아주 단순한 삶의 이치부터 말입니다. 어떻게 생각
하면 세상의 모든 학문 또한 다르지 않다고 생각해요. 나름의 경지
를 개척하지만, 그것 역시 어찌 절대 진리가 될 수 있을까요. 세월
은 학설을 바꿔 놓기 일쑤고 과학으로 설명할 수 없는 것들은 말씀
말고도 수두룩합니다. 그래서 성경은 초자연적으로밖에는 해석이
안 되는 부분 또한 많지요. 인간 해석의 한계 밖에 있다는 뜻이 되
겠지요. 혹한이 계속되고 있습니다. 나로 인해 세상이 따뜻해질 순
없다손 쳐도 누군가를 떠올리면 무장이 해지되면서 저절로 온도를
높이는 그런 사람으로 이 겨울을 날 수만 있다면 정말 좋겠습니다.

겨울나무

차창룡(車昌龍 · 1966~)

단순해지면 강해지는구나

꽃도 버리고 이파리도 버리고 열매도 버리고

밥도 먹지 않고

물도 마시지 않고

벌거숭이로

꽃눈과 잎눈을 꼭 다물면

더보기 Click

바람이 날씬한 가지 사이를

그냥 지나가는구나

눈이 이불이어서

남은 바람도 막아 주는구나

머리는 땅에 처박고

다리는 하늘로 치켜들고

동상에 걸린 채로

햇살을 고드름으로 만드는

저 확고부동하고 단순한 명상의 자세 앞에

겨울도 마침내 주눅이 들어

겨울도 마침내 희망이구나.

_〈겨울나무〉「벼랑 위의 사랑」(민음사/2010) 전문

겨울나무는 스승입니다. 겨울나무처럼 많은 것을 가르쳐 주고 있는 것도 없는 것 같아요. 나무에게 이파리는 무엇이었을까를 내내 생각합니다. 자식이 아니었을까요. 사랑하는 만큼 생명 그 자체였을지도 모르겠습니다. 여름날 그 모진 비바람과 태풍에도 온몸으로 감싸며 지켰던 그 떼어 놓을 수 없는 분신의 생명 말입니다. 하지만 떨굴 때가 되면 가차 없이 또 미련 두지 않고 그렇게 버리지요. 세상에서 가장 냉혹한 모습인 양 냉정하리만큼 하나도 남김없이 다 떨굽니다. 어떻게 그럴 수 있을까 싶지요. 하지만 나무는 결국 해냅니다. 다 버리지요. 이제 남은 것은 실오라기 하나 걸치지 않은 나목(裸木)뿐입니다. 그 몸으로 겨울을 버티는 것을 보면 차라리 숙연해지지요. 나무가 위대하다는 생각마저 들고요. 그렇게 버리고 혹한을 견디는 모습은 차라리 숭고하기까지 합니다. 그러면서 깨우쳐 주네요. 나는 과연 그렇게 할 수 있을까. 나무는 무언으로 붙들고 있어 봐야 아무짝에도 쓸모없는 것을 버리라는 것이지요. 내 인생의 버릴 것이 과연 무엇인가를 곰곰이 생각해 봅니다. 그러다 화들짝 놀라게 되네요. 한둘이 아닌 너무 많기 때문입니다. 어떻게 생각하면 내 생 전반에 버릴 것 투성이임을 깨닫게 되네요. 그중에 제일은 아집이며 독선이며 또 편협입니다. 아니지요. 하나를 또 추가해야겠군요. 바로 '부러움'입니다. 그동안 내가 갖지 못한 것들에 대한 부러움이 얼마나 많았던가를 겨울나무에서 다시 배우며 혹한을 이기고 있습니다. 또 한 해가 저무는 시간, 정말로 쓸데없는 것들을 영육에서 솎아내 좀 더 홀가분한 새해를 맞고 싶어집니다. 비우면 가벼워질 것을 알면서도 그렇게 살지 못하는 오늘을 회개하며 겨울나무를 한 번 더 쳐다봅니다.

푸념

양인숙(1955~)

친구를 떠나보냈다며
기운 없이 들어오신
할아버지

―나는 지들 가는 것
다 봐 주는데
나 가는 길
누가 봐 주려나?

가만히 듣고 있던
다섯 살 내 동생

―하부지
내가 같이 가 줄게!

새해 초이틀인 그제 내가 이끌고 있는 '활짝웃는독서회' 임원이
며 기둥이었던 분이 병환으로 돌아가셔서 오늘 마지막 배웅을 하
고 집에 오니 4시였네요. 이 원고를 써야 하는 날이어서 무척 고민

이 되었습니다. 새해 벽두에 그것도 첫 주에 밝고 환한 그래서 읽으면서 웃음을 머금게 하는, 그리고 뭔가 희망이 솟구치게 하는 그런 소식을 전해야 할 텐데 싶은 욕심이 없지 않았으나, 그것은 모두 희망 사항이 되어 버렸네요. 그분은 26세에 발병돼 그로부터 꼭 40여 년을 질병과 사투를 벌이신 분이셨지요. 10여 년 전 영어 교실에서 처음 만난 후 줄곧 강의를 들으셨고 독서회에 오셔서 함께 활동하셨으며 내가 영어 성경 강의를 시작할 때부터 돌아가시기 직전까지 함께했지요. 독서회 카페엔 하루에도 여러 차례 방문해 유일한 낙처럼 그렇게 댓글을 달고 그러셨지요. 명문 진명여고 출신이었지만 형제도 없이 평생 홀로 살면서 참으로 외롭고 고독한 삶을 사셨던 분이셨습니다. 그분을 볼 때마다 삶의 대가를 저렇게도 많이 치르는 분도 계시구나 싶을 때가 정말 많았거든요. 40년을 괴롭힌 병도 못다 했는지 지난해 초엔 유방암 수술을 받으셨고 그동안 힘겨운 치료 과정을 통과하는 듯했으나 최근 악화돼 그렇게 떠나셨지요. 꽃 한 송이 바칠 수 없는 상황이었기에 아쉬움은 더 컸습니다. 조카들의 결정이었다고 하지요. 인간 삶은 공평하지 않음이 분명합니다. 다만 그분이 그렇게 힘겨운 생을 이어 온 것은 무엇을 의미할까 싶지요. 신의 깊은 뜻을 헤아릴 수 없음이 안타깝습니다. 어느 시인은 "공평하신 하나님이"란 표현을 하기도 했지만요. 오늘 전광판에 새겨진 고인의 이름을 확인하면서 가슴 밑바닥에서 솟구치는 생의 만 가지 사유가 반면교사가 되어 휘몰아쳤습니다. 겨울 햇살은 그래도 빛나더이다.

3부

하나의 나뭇잎이 흔들릴 때

평안을 위하여

김남조(金南祚 · 1927~2023)

평안 있으라
평안 있으라
포레의 레퀴엠을 들으면
햇빛에도 눈물난다
있는 자식 다 데리고
얼음벌판에 앉아 있는
겨울 햇빛

오오 연민하올 어머니여
평안 있으라
그 더욱 평안 있으라
죽은 이를 위한 진혼 미사곡에
산 이의 추위도 불쬐어 뎁히노니
진실로 진실로
살고 있는 이와
살다간 이
앞으로 살게 될 이들까지
영혼의 자매이러라

평안 있으라.

삶의 詩 詩의 삶

어제도 강의실에서 'Good for you.'라는 문장을 설명하면서 다시금 다짐했네요. '잘 됐구나, 잘됐네. 잘 됐어.' 등등으로 해석이 가능한 짧은 어구지요. 돌이켜 생각해 보면 살아온 생애 내가 말로 지은 잘못이 얼마나 될까 싶습니다. 무의식중에라도 불쑥 뱉어 버린 언행으로 인해 상처받은 사람은 또 얼마나 될까 싶어지니 등골이 오싹해지네요. 특별한 것도 아닌 지식을 빌미로 남을 하찮게 여긴 적은 없었는지 자문하며 진갑의 해를 맞았습니다. 나는 'Good for you.'라는 말이 정말 좋아요. 그 어떤 상황이나 입장에서도 남이 잘되는 것에 곧바로 이 말이 나올 수 있다면 얼마나 좋을까? 하고 욕심을 내어 봅니다. 그런 면에서 '사촌이 땅을 사면 배가 아프다.'라는 속담은 당장 폐기해야 하지요. 강의 중에 그런 얘길 했더니 한 분이 '사촌이 뭡니까 지금은 형제들이 땅을 사도 그래요.'라고 하시는 겁니다. 있을 수 없는 일이지요. 사람으로 어떻게 형제가 잘되는 것을 배 아파할 수 있을까요. 그런 마음이 내 마음 가운데 있다면 그것은 참으로 부끄러운 삶이라 하지 않을 수 없겠지요. 내가 남들 만큼 배우지도, 소유하지도, 그렇다고 높은 지위나 명예를 갖고 있지 않아도 남들이 잘 되는 것을 칭찬할 수 있는 마음이 바로 크리스천의 삶이라 여겨집니다. 그렇지 않다면 어찌 참된 그리스도인이라 할 수 있을까요. 크리스천이 아니지요. 남을 위한 기원의 마음은 곧 절대자의 마음입니다.

매사 'Good for you.'의 마음만이 이 혹한의 겨울을 녹일 수 있지 않나 싶어요. 만나는 모든 사람을 칭찬하고 싶어집니다. 있는 그대로의 모습대로 열심히 살아가는 사람보다 더 아름다운 존재가 있을까요. 평안 있으라는 시인의 외침이 엄청나게 크게 울리는 것은 왜일까 싶습니다. 오늘도 그렇게 살라는 명령이기 때문이 아닐까요. 지금껏 알게 모르게 말로써 지은 모든 허물을 용서받을 수 있다면 좋겠습니다.

행복

천상병(千祥炳 · 1930~1993)

나는 세계에서
제일 행복한 사나이다

아내가 찻집을 경영해서
생활의 걱정이 없고
대학을 다녔으니
배움의 부족도 없고
시인이니
명예욕도 충분하고
이쁜 아내니
여자 생각도 없고
아이가 없으니
뒤를 걱정할 필요도 없고
집도 있으니
얼마나 편안한가
막걸리를 좋아하는데
아내가 다 사 주니
무슨 불평이 있겠는가
더구나

하나님을 굳게 믿으니
이 우주에서
가장 강력한 분이
나의 빽이시니
무슨 불행이 온단 말인가!

　가만 생각해 보면 만나고 싶은 사람이 참 많습니다. 문 · 사 · 철은 말할 것 없고 숱한 음악가, 사상가도 마찬가지고 그 사람의 책이라면 무조건 다 읽는 전작주의 저자들이 특히 그렇습니다. 하지만 어찌 쉬울까요. 그들만이 아닙니다. 숱한 작품에 등장하는 주인공 또한 마찬가지지요. 가만 생각해 보면 그 수를 다 헤아릴 수조차 없군요. 일례로 최인호의 「별들의 고향」의 경아나 조해일의 「겨울 女子」의 이화, 조선작의 「영자의 전성시대」의 영자, 「사랑방 손님과 어머니」의 작가 주요섭의 「추물」에 나오는 언년이를 만나면 내 가난한 호주머니를 털어서라도 술을 한잔 사 주고 싶어집니다. 귀천(歸天)의 시인 천상병도 마찬가지지요. 말은 필요 없을 것 같습니다. 그냥 손만 맞잡아도 될 것 같고 만나 함께 있기만 해도 모든 것은 다 통하고 흐를 테니까요. 이 시를 읽다 보면 저절로 삶의 긴장이 풀리면서 무장 해지됨을 느낍니다. 참 좋은 작품이지요. 생각해 보면 나만해도 참 많이 가졌습니다. 그런데도 세상의 박탈감이 늘 없지 않음은 무엇 때문일까요. 답은 금방 나옵니다. '비교' 때문이란 것을 모르지 않지요. 상대방과 혹은 남과 내 삶을 비교하기 때문에 오늘 행복을 내 것으로 만들지 못하고 사는 시간이 참 많다는 자각에 부끄러움이 밀려오기도 합니다. 더군다나 하나님을 믿는다고 하면서 오늘 마음의 부자(富者)로 살지 못함을 가장 부끄러워하네요. 시인의 표현처럼 "굳게 믿지 못한" 탓이라고밖에는 할 수 없는 내 얕은 신앙의 오늘을 다시금 자각하며 부자로 살지 못할 이유가 전혀 없음을 다시 배웁니다. 이만큼 있으면 됐지, 뭘 더 소유해야만 행복할까요. 소유는 행복의 척도나 요소가 아님을 모르지 않으면서 하나님을 헛된 배경으로 여기지는 않았는지 자문하며 오늘의 내 신앙과 믿음을 다시 점검해 봅니다.

개안(開眼)

박목월(朴木月 · 1916~1978)

나이 60에 겨우
꽃을 꽃으로 볼 수 있는
눈이 열렸다
神이 지으신 오묘한
그것을 그것으로
볼 수 있는
흐리지 않은 눈
어설픈 나의 주관적인 감정으로
채색하지 않고
있는 그대로의 꽃
불꽃을 불꽃으로 볼 수 있는
눈이 열렸다

세상은
너무나 아름답고
충만하고 풍부하다
神이 지으신
있는 그것을 그대로 볼 수 있는
至福한 눈

이제 내가
무엇을 노래하랴
神의 옆자리로 살며시
다가가
아름답습니다
감탄할 뿐
神이 빚은 술잔에
축배의 술을 따를 뿐.

　혹한이 숨을 고르고 있습니다. 때로 겨울은 참 어렵고 힘든 계절
이구나 싶기도 하네요. 하지만 이런 혹독한 추위가 봄을 기다리는
마음밭을 더 넉넉하고 풍성하게 하는 것 같네요. 찬란한 봄날을 기
다리는 마음이 행복합니다. 생의 시련이 깊으면 깊을수록 봄을 기
다리는 마음은 그만큼 더 큰 기대와 희망으로 맞을 채비를 하게 되
는 것 같지요. 나는 인간사 모든 것이 '알면 보인다.'라고 생각합니
다. 모르면 손에 쥐여 줘도 알지 못하는 것이 인생사가 아닌가 싶
어요. 나이를 먹으면서 이렇게 생을 바로 보는 혜안(慧眼)의 안목이
넓어지고 깊어진다는 것은 어쩌면 나이 듦의 축복이 아닐까 싶습
니다. 실로암 못 가의 기적 체험을 인유(引喩)하고 있는 이 작품은 영
안(靈眼)의 중요성을 형상적으로 보여 주고 있지요. 그리고 아름답
습니다. 이렇게 세상이 넓게 보이고 하나님의 옆자리로 살며시 다
가간다는 것이 얼마나 귀한지 눈물이 다 날 지경이네요. 세월의 흐
름을 한탄할 일이 아니지요. 이 깊이는 그냥 저절로 이뤄지는 것이

아니기 때문입니다.

　나도 며칠간 혹독한 날들을 보냈습니다. 난방되지 않는 3박 4일 동안 지옥이 따로 없는 체험을 했지요. 그리고 드디어 내일 병원에 입원합니다. 모레 수술이 잡혀 있는데 믿지요. 하나님 함께하시니 걱정은 왜 하나 싶고 하나님 날 사랑하심을 믿기에 떨림도 없네요. 아마 이 글이 세상에 나올 때는 퇴원을 하지 않을까 싶기도 합니다. 질병도 삶의 한 부분임을 다시 배우며 아플 때 치료할 수 있는 세상에 산다는 것도 또한 감사치 않을 수 없네요.

이월과 삼월

신복순(1965~)

봄을
빨리 맞으라고
2월은
숫자 몇 개를 슬쩍 뺐다

봄꽃이
더 많이 피라고
3월은
숫자를 꽉 채웠다.

_〈이월과 삼월〉
「고등어야 미안해」(청개구리/2014) 전문

3월입니다. 3월만으로도 행복하네요. 지난겨울은 너무 추웠습니다. 그렇다 보니 고생하신 분들이 참 많더군요. 아파트 관리소장으로 근무하는 사촌은 평생 처음 그렇게 힘든 겨울이었다고 해요. 나도 겨우내 매주 두 번씩 25분 거리의 강의실을 찾아갈 때 손이 처음으로 그렇게 심한 혹한을 견디어야 했던 것 같습니다. 핫팩의 도움을 받기도 했고 갔다 와서는 늘 두 발을 따뜻한 물에 담가야 했지요. 며칠 난방도 되지 않는 최악의 경우를 겪기도 했고요. 하지만 이제 봄의 소리를 듣습니다. 지층을 뚫고 분출하는 소리와 나무에 수액이 오르는 물결 소리가 들리는 것 같네요. 겨우내 봉했던 베란다 창문의 뽀득이를 떼어 내며 봄을 맞을 준비를 합니다.

어떤 빛깔의 봄을 맞고 계시는가요? 사람마다 봄의 빛깔이 다르지 않을까 싶습니다. 작가 이효석은 봄을 "봄은 옷 입고 치장한 여인이다."라고 했지요. 또한, 수필가이자 영문학자였던 피천득은 "녹슬은 심장도 피가 용솟음치는 것을 느끼게 된다."라고 했습니다. 철학자 안병욱은 "봄은 우리에게 철학의 많은 소재를 준다. 봄은 특히 생명의 경이와 신비감을 일으키게 하는 계절이다."라고 했고 김진섭은 〈생활인의 철학〉이라는 글에서 "봄빛은 참으로 어머니의 품속 모양으로 따스하고 보니 누가 그 속에 안기기를 싫어하리오."라고 했지요. 31세에 요절했던 전혜린은 '봄은 나에게 취기의 계절, 광기의 계절로 느껴진다.'라고 했습니다. 곽재구 시인은 이맘때를 "산 너머 마을에 홍매화 필적이면 돌각담 비집고 스며드는 샛바람 한 올에도 연분홍 꽃향기가 꿈결 같을 때"라고 했고, 최윤진은 〈봄〉에서 "문빈정사/섬돌 위에/눈빛 맑은 스님의/털신 한 켤레/어느 날/새의 깃털처럼/하얀 고무신으로 바뀌었네"라고 했지요. 시인 하이네는 "봄은 즐거운 사랑의 계절"이란 표현을 하기도 했는데 사랑을 안고 살기에 봄은 여전히 희망입니다.

4월의 시

작자 미상

(오랫동안 이해인 작품으로 알려진 시)

꽃무더기 세상을 삽니다

고개를 조금만 돌려도
세상은 오만가지 색색의 고운 꽃들이
자기가 제일인 양
활짝들 피었답니다

정말 아름다운 봄날입니다

새삼스레 두 눈으로 볼 수 있어
감사한 마음이고

고운 향기 느낄 수 있어 감격이며

꽃들 가득한 4월의 길목에
살고 있음이 감동입니다

눈이 짓무르도록

이 봄을 느끼며

가슴이 터지도록
이 봄을 즐기며

두 발 부르트도록
꽃길 걸어 봅니다

내일도 내 것도 아닌데
내년 봄은 너무 멀지요

오늘 이 봄을 사랑합니다

오늘 곁에 있는 모두를
진심으로 사랑합니다

4월의 문을 엽니다.

봄꽃이 지천입니다. 세상이 화려해졌군요. 그렇게 봄을 기다린
보람이 있네요. 새로 태어나는 생명의 신비! 봄은 아름답습니다.
정말로 아름답습니다. 봄은 이 세상에 생명이 태어나는 것보다 더
아름다운 것이 없다는 듯, 자기를 보고 느끼고 즐기며 자기를 닮으
라 하는 것 같습니다. 봄꽃은 한마디로 우아(고상하고 우아하고 또 품위 있
는)합니다. 그리고 아름답고 향기롭지요. 지상의 온갖 허물을 덮겠

다는 듯 그렇게 사람들 맘속에 스며듭니다. 벌과 나비를 불러 모으 듯 봄꽃은 사람을 불러 모으지요. 대단한 힘입니다. 봄이 자기 자 랑할 만해요. 올해도 봄이 얼마나 아름다운가를 다시 보여 주고 있 어 감사가 절로 나오네요. 한국의 사계가 늘 그렇지만 특별히 봄은 위대한 스승으로 옵니다. 이렇게 아름답고 고운 봄을 육십 번도 넘 게 맞았다는 것은 분명 축복이 아닐 수 없지요.

시인의 노래에 가만히 귀를 기울여 봅니다. 그의 가슴속에 이렇 게 넉넉하고 풍성한 봄의 언어가 폭포처럼 물결친다는 것이 정말 부럽군요. 생을 바라보는 따뜻한 시인의 가슴이 뇌성처럼 들려오 는 것 같습니다. 세상에서 가장 쉬운 언어로 누가 읽어도 단 한 줄 도 어려운 말(詩語) 없이 시를 엮는 놀라운 솜씨는 접어 두고라도 시 인의 가슴에 흐르는 이 봄의 열기와 만나는 행복이 얼마나 큰지요. 얼마나 깊이 세상과 만나고 간절히 구했으면 이런 작품이 쓰일 수 있을까 싶기도 합니다. 억지로 만든 것이 아니라 삶이 곧 시(詩)와 조금도 다르지 않은 그 경지의 선율이 오케스트라의 장중한 울림 으로까지 들립니다. 시가 어려울 필요가 있을까 자문하며 다시 읽 어 봅니다. 이 찬란한 봄이 마지막인 것처럼 그렇게 이 계절을 노 래하고 싶어집니다.

송화

이대의^(1960~)

저 꽃을 닮으려 하지 마라
너는 너다

저 꽃은 꽃대로
너는 너대로
그렇게 살면 되는 것

화려하고 예쁘지 않아도
네 모습 그대로
너다워서 사랑스러운 걸

그냥 너라서 좋다.

    날로 푸름을 더해 가는 세상이 참 곱고 아름답습니다. 삐죽삐죽
새순이 돋을 때의 감동도 잠시 하루가 다르게 푸르러지네요. 아직
대추나무와 감나무는 그대로지만 며칠 전 도로가 어느 집 울타리
넘어 감나무 가지를 가만 살펴보니 꼭지마다 망울이 도톰하게 탱

글어지고 있는 것이 보였습니다. 유난히 늦게 깬 겨울잠에서 막 벗어나고 있더라고요. 나는 가끔 모든 종류의, 여러 가지의란 뜻이 있는 '온갖'이란 말의 의미를 생각하곤 합니다. 다른 말로 '다양성(多樣性)'쯤이 될까요. 세상에 단 한 가지만 있지 않다는 것이 얼마나 감사한지 모릅니다. 세상에 똑같은 차와 나무와 꽃 그리고 모든 풀이 전부 하나뿐이라면 어떨까요. 숨이 막히지 않나요. 사람의 얼굴이나 모습 또한 마찬가지입니다. 어찌 그것들뿐일까요. 모든 동물은 물론 물고기 등등 모든 것이 다 이에 해당하겠지요. 사람이 입는 옷도 마찬가지입니다. 옛날 우리나라엔 너나없이 흰옷만 입어 '백의민족'이란 말이 있었지만 그건 결코 좋은 것이 아니었지요. 다른 것이 없었기에 단순히 흰옷만 입어 그런 이름을 얻게 됐는지도 모릅니다. 사람의 삶도 마찬가지지요. 누구와 비교한다는 것처럼 어리석고 불행한 것도 없습니다. 다양성을 인정하지 못한다는 것 또한 불행이지요. 처음 생의 멘토(조언자)쯤 되는 상황이라면 누군가를 닮으려 해도 괜찮습니다. 하지만 그조차 훗날 독창성을 이루지 못한다면 판박이가 될 수밖에 없지요. 당연히 그것은 정답이 될 수 없습니다. 아름다운 생은 자기만의 삶을 사는 사람이지요. 그 자기만의 삶을 살지 못한다는 것은 아픔이고 슬픔이 아닐 수 없습니다. 누구도 아닌 그만의 삶이기에 생은 훨씬 더 아름다울 수 있지요. 나는 나만의 삶을 사랑합니다. 누구와 비교하지 않으려 노력도 한 것 같네요. 비교하면 우선 불행해집니다. 행복을 내 것으로 만들 수 없지요. 오늘도 나는 나대로 살기에 행복의 노래를 부릅니다.

사랑하는 별 하나

이성선(李聖善 · 1941~2001)

나도 별과 같은 사람이
될 수 있을까
외로워 쳐다보면
눈 마주쳐 마음 비춰 주는
그런 사람이 될 수 있을까
나도 꽃이 될 수 있을까
세상일이 괴로워 쓸쓸히 밖으로 나서는 날에
가슴에 화안히 안기어
눈물짓듯 웃어 주는
하얀 들꽃이 될 수 있을까
가슴에 사랑하는 별 하나를 갖고 싶다
외로울 때 부르면 다가오는
별 하나를 갖고 싶다
마음 어두운 밤 깊을수록
우러러 쳐다보면
반짝이는 그 맑은 눈빛으로 나를 씻어
길을 비추어 주는
그런 사람 하나 갖고 싶다.

"5월은 잎의 달이다. 따라서 태양의 달이다. 5월을 사랑하는 사람은 생명도 사랑한다. 절망하거나 체념하지 않는다. 권태로운 사랑 속에서도, 가난하고 담담한 살림 속에서도 우유와 같은 맑은 5월의 공기를 호흡하는 사람들은 건강한 희열을 맛본다"(이어령/茶 한 잔의 思想)

"온갖 싹이 돋아나는/아름다운 시절 오월에/내 가슴속에서도/사랑은 눈을 떴소/온갖 새가 노래하는/사랑하는 시절 오월에/사랑을 참다못해/임께 나는 하소했소."(H.하이네/아름다운 시절 오월에)

"…//넌 '이브'인가/푸른 유혹이 깃들어/감미롭게 핀/황홀한/오월"(金容浩/五月의 誘惑)

"나뭇잎 사이로 빠져나와서 잔디에 부딪치는 햇빛도 벌써 달랐다. 봄의 그것처럼 가냘프고 엷지 않고 한결 풍만하게 쏟아붓는 것 같았다."(崔仁勳/灰色人)

"오월은 원색의 웃음이 푸른 풀밭에 쉬는 달. 철없는 웃음을 달래며 분수와도 같은 수맥으로 모두가 파아랗게 만들어 간다."(鄭然喜/그대 江가에 나의 등불을)

계절의 여왕이라는 말을 실감하네요. 세상이 하도 예뻐 눈을 감고 싶어질 정도입니다. 이런 날 누구에게라도 5월을 주고 싶고 남김없이 내 영혼 모두를 5월 안에 풍덩 빠트려 5월의 옷만 새로 입히고 싶어집니다. 욕심임을 모르지 않지만 내내 5월처럼 살고 싶다는 욕망과 바람이 싱싱한 성욕처럼 꿈틀거립니다. 이 멋진 5월의 찬가를 내 노래로 만들지 못한다면 뭔가 억울할 것만 같네요. 많이 보고 느끼며 노래하는 새달이 되고 싶습니다. 5월의 향기 전부를 당신께 드립니다.

푸른 5월

노천명(盧天命 · 1912~57)

청자(靑瓷)빛 하늘이
육모정 탑 위에 그린 듯이 곱고,
연못 창포 잎에
여인네 맵시 위에
감미로운 첫 여름이 흐른다

라일락 숲에
내 젊은 꿈이 나비처럼 앉는 정오(正午)
계절의 여왕 오월의 푸른 여신 앞에
내가 웬일로 무색하고 외롭구나

밀물처럼 가슴속으로 몰려드는 향수를
어찌 하는 수 없어
눈은 먼 데 하늘을 본다

긴 담을 끼고 외딴길을 걸으며 걸으며,
생각이 무지개처럼 핀다

풀 냄새가 물씬

향수보다 좋게 내 코를 스치고

청머루 순이 벋어 나오던 길섶
어디메선가 한 나절 꿩이 울고
나는
활나물, 호납나물, 젓가락나물, 참나물을 찾던
잃어버린 날이 그립지 아니한다, 나의 사람아

아름다운 노래라도 부르자
서러운 노래를 부르자

보리밭 푸른 물결을 헤치며
종달새 모양 내 마음은
하늘 높이 솟는다

오월의 창공이여!
나의 태양이여!

짙어 가는 신록에 취해 계절 시를 한 편 더 읽는 행복이 큽니다. 세상이 이렇게 아름답다니요. 이양하가 아니더라도 신록 예찬을 하지 않을 수 없네요. 어디를 봐도 눈이 부십니다. 찬란한 계절의 환희가 생의 찬가를 부르게 하고 이 멋진 세상을 창조하신 하나님을 찬양하게 합니다. 하나님 외에 그 누구도 또 그 무엇이 세상을 이렇게 푸르고 아름답게 할 수 있을까요. 어떤 이는 하나님이 어디

계시느냐고 하지만 만물의 생명을 주관하시는 분은 오직 하나님뿐임을 믿습니다. 이 아름다운 5월을 주시고 신록이 사람들 마음을 끊임없이 정화(淨化)시키는 그분은 참으로 위대하신 분이지요. 그분의 노래는 수를 헤아릴 수 없을 만큼 다양한 모습과 방법으로 찾아오십니다. 창가에 고운 햇살은 물론이려니와 살랑살랑 부는 미풍에도 그분의 숨결은 숨어 있지요. 작은 풀잎 하나도 하나님의 역사가 아니면 존재할 수 없음을 체감하며 하나님의 성호를 높여드립니다. 지혜 있는 자는 그 호흡을 느끼고 보고 또 감사하네요.

내가 알기로는 우리가 흔히 쓰는 "계절의 여왕"이라는 표현이 바로 이 〈푸른 5월〉이라는 시에서 처음 쓴 것으로 압니다. 1938년 1월 『산호림』에 수록된 작품으로 희망과 신록의 계절 5월을 노래한 시지요. 시인이 느끼는 감정은 비애와 환희가 엇갈리는 서정시입니다. 주제는 5월의 서정이라고 할까요. 푸른 5월의 마음으로만 오늘도 살고 싶습니다.

짙어 가는 녹음에 눈이 부십니다. 찬란한 천연계의 싱그러움에 탄성이 나오고 감사가 절로 나옵니다. 누가 이렇게 만들었을까요. 신록(新綠)은 생명입니다. 녹색은 생명의 색이고 천연의 색이지요. 천만번을 봐도 질리지 않는 색은 녹색 외엔 없을지 모릅니다. 나는 어릴 적 푸른 보리밭을 참 좋아했습니다. 그 물결이 지금도 눈에 아른거리네요. 하늘은 푸르고 젊음은 싱싱했습니다. 푸른 하늘을 한껏 날았습니다. 족쇄에 채워진 삶이었을지라도 5월은 그렇게 푸른 꿈을 꾸게 했던 계절이었지요. 희망의 계절이었고 장미꽃만 바라보아도 이성이 왈칵 그리워지는 사랑의 계절이기도 했습니다.

가만히 하늘을 바라보기만 해도 마음은 바다같이 넓어졌던 5월의 추억! 눈을 감으면 아득한 숲속에서 아름다운 희망의 노래가 들려올 듯싶던 5월이었습니다. 사랑이 싹튼 달. 만물이 가장 목청을 높여 생명의 합창을 소낙비가 마냥 퍼붓는달. 5월은 생명의 달, 그게 나의 푸른 5월이었습니다.

흙냄새

정현종(鄭玄宗 · 1939~)

흙냄새 맡으면
세상에 외롭지 않다

뒷산에 올라가 삭정이로 흙을 파헤치고 거기 코를 박는다
아아, 이 흙냄새! 이 깊은 향기는 어디 가서 닿는가. 머나 멀다. 생명이
다. 그 원천. 크나큰 품. 깊은 숨
생명이 다아 여기 모인다. 이 향기 속에 붐빈다. 감자처럼 주렁주렁 딸
려 올라온다

흙냄새여
생명의 한통속이여.

_〈흙냄새〉
「사랑할 시간이 많지 않다」(문학과지성사/2018) 전문

흙은 생명입니다. 이 세상에 흙처럼 진실한 것도 없고 흙처럼 소
중한 것도 없지요. 대지는 영원한 어머니이자 생명의 처소입니다.
땅을 생각하면 어머니의 젖 품이 생각나고 고향이 떠오릅니다. 인
간뿐만 아니라 모든 생명의 터전인 땅의 위대함을 몇 줄의 글이나

말로는 표현할 수 없지요. 그만큼 땅은 절대의 가치를 갖고 있다 하겠지요. 인간은 땅을 떠나서는 살 수 없습니다. 그렇기에 그 땅의 냄새인 흙냄새는 세상에서 가장 향기로운 냄새가 아닐 수 없지요. 사람은 흙을 밟고 살아야 합니다. 그렇지 않을 때 찾아오는 것은 병(病)이지요. 현대병의 가장 큰 원인이나 요인은 바로 흙을 밟지 않기 때문이 아닌가 싶기도 해요. 문명은 생명의 원천인 흙을 멀리하도록 합니다. 문명의 최대 폐회가 아닐 수 없지요. 편리만을 좇다 흙을 상실한 사람들의 마음밭을 들여다볼라치면 시대의 흐름까지는 아니더라도 어느 정도 짐작은 할 수 있는 것 같습니다. 하나님께서 창조하신 천연계의 아름다움은 무엇과도 비교할 수 없습니다. 또 바꿀 수도 없지요. 이 파란 이파리 하나에 그분 섭리의 모든 것이 담겨 있다고 생각하니 지상의 모든 나무와 풀과 작은 돌멩이 하나도 허투루 볼 일이 아니네요. 사람은 자연을 정복할 수 없습니다. 또 그래서도 안 되고요. 생명의 터인 자연은 정복의 대상이 아니라 돌보고 가꿔야 할 보살핌의 대상임을 잊은 사람들이 너무 많은 것 같습니다. 여기에 현대인의 아픔이 있지요. 도회지에 살지만, 흙냄새를 그리워할 수만 있다면 시대가 상실한 치유의 해법은 얻을 수 있지 않을까요. 지금쯤 농촌에선 한창 모내기를 하지 않을까 싶은데 그 질퍽한 흙냄새에 흠뻑 취하고도 싶어집니다. 오늘, 이 아름다운 자연에서 흙과 더불어 살라는 하나님의 창조 섭리를 다시 생각하고 흙냄새를 그리워하는 삶의 좌표를 재설정했으면 좋겠습니다.

6월의 시

김남조(金南祚 · 1927~2023)

어쩌면 미소짓는 물여울처럼
부는 바람일까
보리가 익어 가는 보리밭 언저리에
고마운 햇빛은 기름인 양 하고

깊은 화평의 숨 쉬면서
저만치 트인 청청한 하늘이
성그런 물줄기 되어
마음에 빗발쳐 온다

보리가 익어 가는 보리밭 또 보리밭은
미움이 서로 없는 사랑의 고을이라
바람도 미소하며 부는 것일까

잔물결 큰 물결의
출렁이는 바단가도 싶고
은 물결 금 물결의
강물인가도 싶어

보리가 익어 가는 푸른 밭 밭머리에서
유월과 바람과 풋보리의 시(詩)를 쓰자
맑고 푸른 노래를 적자.

　세상엔 아름다운 것들이 많지만 그중에서도 계절의 순환은 으뜸입니다. 그 어떤 경우에도 자기만의 세상을 고집부리지 않고 날짜의 길고 짧음에 상관없이 딱 제시간을 채우고 나면 뒤도 돌아보지 않고 물러납니다. 참 아름다워요. 한껏 지상에 푸른 녹음의 신록을 안겨 놓고 5월은 그렇게 떠났고 보리가 익어 가는 6월이 되었습니다. 6월은 여름의 초입이면서 들의 모든 곡식을 키우는 성숙의 달이지요. 그 옛날 불편했지만 바로 위 누님과 함께 보리밭에 가 본 적이 있습니다. 물컹물컹한 밭 흙의 감촉이 그렇게 좋았고 싹이 나기 전 보리 냄새는 평생 잊을 수 없는 그런 생명의 향기였지요. 식구들이 이른 마늘을 캐면 나는 앉아서 줄기를 자르고 개수를 세서 다발로 묶는 일도 익숙했던 기억이 납니다. 질퍽하게 들일을 끝내신 부모님과 형님의 장딴지에 덕지덕지 묻었던 흙은 생명의 원천이었음을 떠올리며 흙을 만질 수 있는 곳으로 훌쩍 떠나고도 싶어집니다. 6월의 신록은 무슨 뜻일까? 하고 잠시 엉뚱한 생각을 해 보네요. 두말할 필요도 없이 짙은 녹음처럼 또 신록처럼 그렇게 내가 만나는 모든 것을 더 사랑하라는 뜻이 아닐까 싶어져요. 사랑 빚을 갚을 수 있는 정말 좋은 계절입니다. 신록을 가슴에 안고 새달을 맞을 수 있다는 것은 또 얼마나 행복한가요. 하나님 섭리 따라 순환의 아름다움을 다시 배운다는 것도 소중하고 그냥 모든 것에 감사가 저절로 나옵니다. 일할 수 있음에 감사하고 이만큼의 건강에도 감사하며 내가 섬기는 예배당 식구들 생각만 해도 또한 감사가 나오니 이 모두가 축복이 아닐 수 없네요. 덜어낸 욕심은 세상을 더 환히 그리고 밝히 보게 하고 내가 사랑해야 할 몫(使命)도 깨닫게 하니 얼마나 감사한지요.

소나무

유자효(柳子孝 · 1947~)

생각이 바르면 말이 바르다

말이 바르면 행동이 바르다

매운바람 찬 눈에도 거침이 없다

늙어 한갓 장작이 될 때까지

잃지 않는 푸르름

영혼이 젊기에 그는 늘 청춘이다

오늘도 가슴 설레며

산등성에 그는 있다.

인생에서 정도(正道)를 걷는다는 것처럼 어려운 일도 없는지 모릅
니다. 그중에서도 평생 올바른 생각(正思)을 갖고 산다는 것은 쉬운

일이 아니지요. 세상엔 수많은 논리가 있고 그것은 때로 합리적이거나 합당한 경우 또한 존재하기 때문입니다. 하지만 나는 믿네요. 그 어떤 상황에서도 정도를 걸으면 떳떳하다고요. 이 믿음이 있기에 오늘까지 나름 나태하지 않고 힘차게 달려올 수 있었지 않나 싶어요. 가슴에 싱싱한 푸름(青)을 간직하고 평생을 산다는 것은 쉬운 일이 아닙니다. 살고 보니 과연 그렇게 살았나 하고 자문을 해 보기도 하지요. 그래도 평생 상록의 그 마음을 잃지 않으려 애쓴 것 같습니다. 마음밭을 푸르게 하는 싱싱함은 그 어떤 경우에도 잃어서는 안 된다는 자신과 싸움이 어쩌면 지금껏 계속되고 있다 하겠지요. 아마도 평생 뺏기고 싶지 않은 욕심이라면 욕심입니다. 허황된 마음 먹지 않고 올곧게 생을 바라볼 수 있는 시각을 갖고 산다는 것은 얼마나 귀하고 아름다운지요. 올바른 정도의 길만큼 소중한 여정은 없다 하겠습니다. 아름답기 때문이지요. 소나무는 꼭 아버지를 닮아 좋아합니다. 아버지는 평생 농부셨지만, 정도의 아름다운 길을 가셨던 분이셨지요. 옳지 못한 불의를 가장 미워하셨고 인간사 순리가 아닌 것을 철저히 멀리하셨습니다. 올바른 길만이 인간의 길이고 생명의 길이라 여기셨든 분이셨기에 닮고자 했던 세월이었네요. 소나무는 참 많은 것을 생각하게 합니다. 영혼이 젊기에 늘 청춘이란 구절이 참 좋군요. 오늘도 그렇게 살아야겠습니다. 소나무 하면 외가가 있는 안면도 송림(松林) 숲이 떠오르기도 합니다. 유일한 정도의 길이 과연 존재할까요? 참 신앙의 소유자는 소나무처럼 그렇게 오늘을 사는 것이겠지요.

행복한 풍경

이해인(李海仁 · 1945~)

새들도
창밖에서 기도하는
수도원의 아침

90대의 노수녀 둘이
나란히 앉아
기도서를 펴놓은 채
깊이 졸고 있네
하느님도 그 곁에서
함께 꿈을 꾸시네

바람이 얼른 와서
기도문을
대신 읽어 주는
천국의 아침.

지난 화요일은 방화11복지관 강의가 있는 날이었습니다. 장마가
시작된다는 소식은 들은 터라 그날 그렇게 장대비가 쏟아질 줄은

3부 하나의 나뭇잎이 흔들릴 때 147

몰랐지요. 비가 많이 오면 우산을 쓸 수 없는 관계로 차로 이동하기도 쉽지 않기 때문에 그냥 휠체어로 가기로 했지요. 준비는 단단히 했습니다. 우산도 제일 큰 것으로 찾고 강의 가방은 뒤쪽 가방에 넣고 지퍼를 잠갔지요. 양쪽 무릎까지 큰 비닐을 씌웠고 휠체어의 조이스틱엔 비닐 커버를 씌웠습니다. 이만하면 폭우도 뚫을 만하겠다 싶었지요. 하지만 웬걸요 밖에 나간 지 5분도 채 안 돼 비상이 걸렸습니다. 억수같이 쏟아지는 폭우는 거의 속수무책인 상황으로까지 몰고 가더라고요. (나중에 보니 가방 속 강의 노트도 다 젖었음) 그런 상황에서도 이런 날 누가 강의를 들으러 오시겠나 싶더라고요. 한 명이라도 오시면 해야지 하는 마음으로 23분 만에 강의실에 도착했을 때 눈이 휘둥그레졌지요. 그 어느 때보다 더 많은 수강생이 강의실을 채우고 있었기 때문입니다. 감동이었고 감격이었지요. "선생님도 오시는데 우리가 와야지요."란 박 여사님의 말씀에 나는 뭉클해지는 마음을 어쩌지 못했습니다. 여기서 선생님이란 몸이 불편한데도 오신다는 의미지요. 차를 마시고 90분간 특강을 했습니다. 딴에는 열강이었지요. 모두 흡족해하시는 것 같았고요. 참 감사했습니다. 수강생들의 그 생각 깊음에 지난 세월 이웃과 함께한 의미와 보람 그리고 기쁨이 한가득 차고 넘쳤습니다.

갔다 와서 지인에게 그런 얘길 했더니 "I think your life is so beautiful(네 삶이 아름답다고 생각해)."라고 너스레를 떨었습니다. 2주 전 새로 나온 휠체어도 물 목욕을 했지만 참 행복한 하루였네요. 그리고 다시 한 번 영어 수강생들이 고마웠습니다. 이런 맛에 청죽이 삽니다. 감사뿐이지요.

가로수

김재수(金在洙 · 1947~)

어깨를 두드린다 아는 체하며
돌아보니 살며시 등을 기대는 가로수
'쉬었다 가렴'
푸른 물소리로 말을 건넨다
그렇구나
숱하게 이 길을 오갈 때마다
나무는 나에게 눈길을 주고 있었구나
등으로 내게 눈길을 주고 있었구나
등으로 전해지는 푸른 물소리
하늘엔 땡볕이 타고 있는데
기다리고 있었구나 나무는
푸르게 그늘을 만들며.

"농부는 덥다고 하면 안 된다."라는 말이 있지요. 참 깊은 뜻과 의미가 담긴 말이다 싶습니다. 장마가 일찍 끝난 탓에 때 이른 된더위와 전쟁을 치르고 있네요. 예년 같으면 7월 말쯤에 찾아올 불볕더위가 벌써 며칠째 계속되고 있습니다. 앞으로도 대략 한 달쯤 계속되지 않을까 싶어 마음을 단단히 먹어 보네요. 부모님이 농부셨기에 여름날 풍경은 내가 종종 쓰는 글감이기도 합니다. 농부는 큰 돈을 벌지는 못해도 하늘과 땅의 섭리에 삶을 맡기는 사람들이지요. 땅을 믿는 사람들이 바로 농부가 아닐까 싶어집니다. 이 여름날의 하룻볕이 모든 곡식에 얼마나 큰 은혜요 축복인가를 아시는 분들이기에 "농부는 덥다고 하면 안 된다."라는 말이 생겼겠다 싶어지며 숙연해지기까지 하네요. 맞습니다. '덥다 더워!'를 입에 달고 삽니다만 좀 자제해야겠다 다짐해 보네요. 오늘 하루 태양 빛이 조국 산하의 수많은 곡식은 물론 생명에겐 천혜의 자양분이 됨을 모르지 않기 때문입니다. 이른 불볕더위는 한반도에 태풍이 오지 않아서란 기사도 났더군요. 가끔 태풍이 바다를 뒤집어 놓아야 바다가 건강하다고 하지요. 맞습니다. 여름엔 된더위가 있어야 합니다. 우리는 땅에서 나는 것을 먹고 살기 때문이지요. 덥다고 징징대고 칭얼거리지 말아야 함을 다시 배웁니다. 이상한 것은 마음을 바꾸고 나니 마음이 한결 편안해지네요. 오곡이 이 불볕더위에 튼실히 익어 갑니다. 농부들의 미소가 보이는 것 같고 그들의 손길이 이 세상에 평화와 평안을 심고 가꾸는 것이란 생각도 드네요. 생각하면 이렇게 모여 산다는 것이 축복이 아닐 수 없고 감사가 절로 나오네요. 이 시를 읽으며 갑자기 가로수에 미안하단 생각이 드네요. 몰랐습니다. 눈길을 주고 있었음에도 눈치를 채지 못했습니다. 내가 이렇게 우둔합니다. 미안하다 가로수야! 너는 나에게 늘 사랑의 눈길을 주고 있었는데 나의 그 무심함을 용서해다오. 이 더운 날, 내가 하나님의 보살핌으로 대신 사랑해야 할 사람이 누구인가 자문해 봅니다.

7월

이오덕(李五德 · 1925~2003)

앵두나무 밑에 모이던 아이들이
살구나무 그늘로 옮겨 가면
누우렇던 보리들이 다 거둬지고
모내기도 끝나 다시 젊어지는 산과 들
진초록 땅 위에 태양은 타오르고
물씬물씬 숨을 쉬며 푸나무는 자란다

뻐꾸기야, 네 소리에도 싫증이 났다
수다스런 꾀꼬리야, 너도 멀리 가거라
봇도랑 물소리 따라 우리들 김매기 노래
구슬프게 또 우렁차게 울려라
길솟는 담배밭 옥수수밭에 땀을 뿌려라

아, 칠월은 버드나무 그늘에서 찐 감자를 먹는,
복숭아를 따며 하늘을 쳐다보는
칠월은 다시 목이 타는 가뭄과 싸우고
지루한 장마를 견디고
태풍과 홍수를 이겨 내어야 하는
칠월은 우리들 땀과 노래 속에 흘러가라
칠월은 싱싱한 열매와 푸르름 속에 살아가라.

싱싱한 7월을 보냅니다. 날씨의 역사를 새로 쓰는 날이 계속되고 있지만 7월은 가고 있습니다. 때 이른 불볕더위로 심신이 지친 가운데 보내고 있으나 이 또한 지나갑니다. 어린 시절 저의 7월은 싱싱함 그 자체였지요. 집 앞 논의 벼가 한껏 자라 훤칠한 키를 자랑할 때가 이때이고 김을 매던 날의 풍경이 아스라이 떠오릅니다. 그날은 모처럼 쌀밥을 먹는 날이기도 했지요. 김을 매는 날 농부들은 머리에 수건을 질끈 동여매거나 허리춤에 차고 또는 밀짚 혹은 보릿짚으로 만든 여름 모자를 썼지요. 일명 맥고(麥藁) 모자라고도 했습니다. 대개 그 모자엔 테두리로 흑백영화 필름이 달려 있기도 했고 양쪽 팔엔 일명 토시라고 부르는 것을 꼈지요. 거머리를 피해 스타킹을 착용하기도 했습니다. 농부들은 점심을 먹고 나면 곧바로 들로 나가는 것이 아니라 시원한 마루나 바람이 잘 통하는 방에서 낮잠을 잤지요. 잠깐의 꿀잠을 자고 나면 농부들은 다시 들로 나가 풀을 뽑았지요. 해가 조금 설핏해지면 목소리를 높여 농부가를 부르기도 했습니다. 그 목소리가 얼마나 우렁찬지 들녘의 새들도 듣고 따라 불렀지요. 풍년을 기원하는 그들의 손놀림은 자손의 안락을 위해 새벽마다 비는 할머니의 그 마음이었습니다. 바로 그때 어머니와 이웃 아주머니들은 광주리에 가득 담긴 새참을 이고 들고 오셔서 논둑 한가운데 풀어놓으면 지상의 천국이 따로 없었지요. 걸쭉한 막걸리 한 사발에 일꾼의 미소는 하늘에 닿고 마지막 한 모금을 목구멍에 넘기며 왼손으로 쓱 입술을 닦아 낼 때 짓는 그 미소를 잊지 못합니다. 얼굴은 구릿빛이나 세상 행복은 바로 그의 것이었지요. 그렇게 여름이 깊어져 가고 태풍 몇 개 지나면 창고를 채울 곡식들은 익어 가고 하늘은 한없이 높아졌던 여름날의 풍경이 떠오릅니다. 덥지만 얼마 남지 않았어요. 조금만 참아 보자고요. 이 더위로 조국의 산하는 풍성한 가을을 예비하고 있을 테니까요.

나를 멈추게 하는 것들
—속도에 대한 명상 13

반칠환(1964~)

보도 블록 틈에 핀 씀바귀꽃 한 포기가 나를 멈추게 한다

어쩌다 서울 하늘을 선회하는 제비 한두 마리가 나를 멈추게 한다

육교 아래 봄볕에 탄 까만 얼굴로 도라지를 다듬는 할머니의 옆모습
이 나를 멈추게 한다

굽은 허리로 실업자 아들을 배웅하다 돌아서는 어머니의 뒷모습은 나
를 멈추게 한다

나는 언제나 나를 멈추게 한 힘으로 다시 걷는다.

지난주 포천에 사시는 큰매형께서 집 마당에서 넘어져 골반 수
술을 받고 입원해 계셔서 갔다 왔습니다. 얼굴은 일견 평온해 보였
으나 여든둘의 연세가 무척이나 걱정되었고 마음을 무겁게 했습니
다. 노인네가 넘어져 골반에 문제가 생기면 그것은 곧 '고생과 생

의 끝'을 의미하기 때문이지요. 회복하기까진 많은 시간이 필요하고 또 설령 된다 해도 약해진 몸으로 합병증을 극복하고 다시 걸을 수 있을까 싶기도 했네요. 병원에 도착하기 전 먼저 누님 댁에 들렀는데 아무도 없었습니다. 손때가 묻지 않은 것이 없는 낡은 집엔 적막이 흐르고 여기저기 흩어진 화분은 주인을 기다리고 있었지요. 집안 둘레에 핀 온갖 꽃과 길가 쪽 탐스럽게 익어 가는 왕 대추는 올해도 풍년이었지만, 정작 부부는 안 계신 집! 올해도 숱하게 열린 집안에 그늘을 제공해 주는 머루 다래나무도 침묵이 흘렀고 그 텅 빔은 순간 나를 멈추게 했지요. 고추밭은 불볕더위에 힘겨워하면서도 탐스러웠고 마당 한편에선 빨간 고추가 햇볕에 등을 말리고 있었습니다. 언제나 그렇듯 뒤뜰로 가면 요란하게 짖어대던 개들이 한 마리도 없는 것을 확인하고 병실에서 누님한테 물어보니 마리당 1만 원에 다 팔아치웠답니다. 전 같으면 아주 비싸게 팔았을 보신탕용 개들이 이젠 찾지를 않아 값이 없다고 하네요. 개밥을 끓이던 검은 솥은 여전히 그 자리를 지키고 있었고 타다 남은 나무엔 그을린 자국과 함께 다시 태워질 그날을 손꼽아 기다리고 있었지요. 동무를 잃어버린 토끼들만 귀를 쫑긋 세우고 낯선 방문객을 쳐다봤습니다. 늙는다는 것은 무엇일까 싶었고 인간의 생로병사를 다시 헤집으며 부부의 살아온 생애가 걸음을 멈추게 했습니다. 천성이 착해 열심히 나누며 살아온 누님 내외, "동상들에게 할 만큼 했다. 인제 그만해라." 어머니 생전에 큰누님에게 했던 유언이 떠올랐지요. 뼈가 아물기까지 수개월이 걸린다는데 누님과 조카들의 저 고생을 어이할 거나 싶으니 병실 문을 열고 들어가는 걸음을 자꾸 멈추게 했습니다.

나무는

류시화^(1958~)

나무는
서로에게 가까이 다가가지 않기 위해
얼마나 애를 쓰는 걸까
그러나 굳이 바람이 불지 않아도
그 가지와 뿌리는 은밀히 만나고
눈을 감지 않아도
그 머리는 서로의 어깨에 기대어 있다

나무는
서로의 앞에서 흔들리지 않기 위해
얼마나 애를 쓰는 걸까
그러나 굳이 누가 와서 흔들지 않아도
그 그리움은 저의 잎을 흔들고
몸이 아프지 않아도
그 생각은 서로에게 향해 있다

나무는
저 혼자 서 있기를 위해
얼마나 애를 쓰는 걸까

세상의 모든 새들이 날아와 나무에 앉을 때

그 빛과

그 어둠으로

저 혼자 깊어지기 위해 나무는

얼마나 애를 쓰는 걸까.

_〈나무는〉

「외눈박이 물고기의 사랑」(무소의뿔/2016) 전문

　빈부귀천을 막론하고 세상살이가 쉽지 않다는 사람이 많습니다. 쉽지 않다는 것은 곧 어렵다는 뜻인데 그게 인간만일까 싶지요. 가만 생각해 보면 생(生)이란 다 어렵고 힘들다는 것을 다시 배우네요. 사람만이겠습니까. 이 세상에 존재하는 모든 것이 살아내기 혹은 살아가기 위해서는 다 그 힘난한 과정을 거친다는 것이지요. 비단길(실크로드)만 걷는 삶이 과연 얼마나 될까요. 생각해 보면 동물이든 식물이든 하늘을 나는 새든 삶의 과정은 다 같이 지난합니다. 쉬운 것이 하나도 없어요. 그것들도 본능적으로 삶을 지향합니다. 난(蘭)을 키워 보면 알 수 있지요. 주인의 무지 탓에 생육조건을 맞춰 주지 못해 늘 시들게 하고 말라 죽게 하지만, 난은 난대로 살아남기 위해 발버둥 침을 모르지 않습니다. 밖의 나무는 또 어떤가요. 그것만큼 치열한 생존경쟁을 하는 것도 없다고 하지요. 풀과 나무는 조금이라도 햇빛을 더 받기 위해 처절한 투쟁을 한다는 사실을 사람은 잘 모른다는 이어령의 글을 읽은 적이 있습니다.

　어떻게 생각해 보면 나의 어려움과 힘듦이 세상의 유일한 것처럼 착각하고 살아오진 않았는지 자문하게 되네요. 그러면서 부끄러워집니다. 사람은 누구에게나 삶의 무게가 있고 때론 그것이 너무 과해 쓰러지고 넘어지기도 하지요. 이게 삶이고 세상살이라는 것이겠지요. 상처 없는 영혼이 없고 삶의 무게를 다 내려놓고 사는 사람 또한 없지요. 동물의 왕국이란 프로를 보다 보면 일견 그 평화스러운 곳에도 먹고 먹히는 가장 치열한 생존의 사투가 공존하고 있음을 보게 됩니다. 이제부터는 정말 '힘들다' '어렵다'라는 말을 줄이고 될 수 있는 대로 하지 말아야겠어요. 고통도 살아 있기에 겪는 하나님의 선물인데 주신 분의 뜻을 몰라도 너무 모른단 자책이 가슴을 칩니다. 'Act your age!'는 '나잇값 좀 해!'란 뜻이지요. 이제는 정말로 철이 들고 싶습니다. 오늘 내가 부딪는 모든 것이 다 지상에서 누리는 가장 놀라운 선물임을 어찌 그리 모를까 싶네요.

가을은

정두리(鄭斗理 · 1947~)

꽃이
예쁘지 않는 일은 없다
열매가
소중하지 않는 일도 없다

하나의 열매를 위하여
열 개의 꽃잎이 힘을 모으고
스무 개의 잎사귀들은
응원을 보내고

그런 다음에야
가을은
우리 눈에 보이면서
여물어 간다

가을이
몸조심하는 것은
열매 때문이다
소중한 씨앗을 품었기 때문이다.

이 세상에서 가장 소중한 일이 무엇일까 하고 생각해 볼 때가 있습니다. 두말할 것도 없이 그것은 바로 '생명'을 잉태시키는 일이 아닌가 싶어요. 가만 보면 이름 모를 들풀이나 들꽃도 다 '씨앗'을 품고 있고 나무들도 그렇습니다. '열매'라는 것이 바로 그것이지요. 생명 있는 모든 것이 그렇게 다음 세대를 위해 준비를 합니다. 그것만의 '작품'인 셈이지요. 그것으로 인해 생명은 끊어지지 않고 대를 이어 갑니다. 부부는 아이를 낳고 키우지요. 생각해 보면 이보다 더 위대한 일은 이 지상에 없습니다. 그것보다 더 소중한 일이 또 뭣이 있을까요. 아무리 생각해도 없는 것 같습니다. 우리 부모님의 일생을 떠올려 봐도 지상에 7남매를 남기신 것 외에 그보다 더 찬란히 빛나는 것이 있을까 싶어요. 부모님의 삶이 아름다웠던 것은 바로 나를 포함한 형제들을 낳으셨다는 것입니다. 지상에서 가장 큰 일이었고 가장 큰 업적이었으며 가장 위대한 삶의 표본이었다 싶지요. 화가는 그림으로 작가는 작품으로 시인은 시로 건축가는 설계로 가수는 노래로 목사는 설교로 자신의 삶을 증명합니다. 좋고 나쁨을 떠나 다 작품이지요. 인간의 존재 가치가 그렇게 쓰이고 증명될 수 있다는 것은 축복이 아닐 수 없습니다. 그렇기에 남겨진 모두가 다 소중한 생명이라 하지 않을 수 없지요. 열매 하나를 맺고 키우기 위해 1년이란 세월을 쓰는 무수한 나무들을 주변에서도 봅니다. 참 대단한 일이고 역사(役事)지요. 삶이 위대한 것은 이렇게 뭣인가를 위해 헌신하기 때문이 아닐까 싶기도 해요. 그 헌신이 없는 삶은 때로 공허하고 쓸쓸하기도 합니다. 이 시를 읽으며 세상이 다시 보이는 것 같네요. 가을이 저절로 아름다운 것이 아님을 새삼 배웁니다.

가을에 하늘이 높아지는 것은 세상이 지난 1년의 작품으로 가득 차기 때문인데, 오늘 나는 무엇을 여물게 하는 삶인가 자문하게 되네요. '가을은 참 예쁘다'란 노랫말이 귓가에서 맴돕니다.

지울 수 없는 얼굴

고정희(高靜熙 · 1948~1991)

냉정한 당신이라 썼다가 지우고
얼음 같은 당신이라 썼다가 지우고
불같은 당신이라 썼다가 지우고
무심한 당신이라 썼다가 지우고
징그러운 당신이라고 썼다가 지우고
아니야 부드러운 당신이라 썼다가 지우고
그윽한 당신이라 썼다가 지우고
따뜻한 당신이라 썼다가 지우고
내 영혼의 요람 같은 당신이라 썼다가 지우고
샘솟는 기쁨 같은 당신이라 썼다가 지우고
아니야 아니야
사랑하고 사랑하고 사랑하는 당신이라 썼다가 지우고
이 세상 지울 수 없는 얼굴이 있음을 알았습니다.

벌써 오래전 〈사랑은 연필로 쓰세요〉란 노래가 있었습니다. '사랑을 쓰다가 쓰다가 틀리면 지우개로 깨끗이 지워야 하니까' 뭐 이런 가사의 노래였지요. 처음 그 노래를 들을 때 '뭐 이런 노래가 다 있어' 했던 기억이 납니다. 인간의 만남이 그렇게 가벼울 수는 없다 싶었기 때문이지요. 사람의 만남처럼 위대한 것도 없는 법이거늘, 하물며 연인의 만남이 그렇게 가벼울 수는 없는 일이었습니다.

  모든 만남이 의미가 있는 것은 아닐지라도 그렇다고 이럴 수는 없다 싶었지요. 사람의 만남을 지우개로 그렇게 지울 수 있다면 그게 어디 생명의 만남이라 할 수 있는가 싶었고 지금도 그건 아니다 싶지요. 인류의 역사는 만남과 끝맺음이라 할 수 있습니다. 특히 남녀의 만남은 더 그렇지요. 파락호의 행각이 아닌 다음에야 어찌 지우개로 쓱 지울 수 있을까 싶습니다. 만남은 때로 씻을 수 없는 상처로 남기도 하지만, 그 상흔조차 생의 한 부분이었고 역사임을 모르지 않습니다. 그렇기에 만남은 소중할 수밖에 없고 지울 수 없지요. 다 그렇지는 않겠지만 현대인들은 때로 만남을 너무 쉽게 생각하는 것 같습니다. 그런 사람들은 연인이 헤어져도 세상이 끝난 것 같은(All hope is gone) 가슴앓이는 없지요. 세상엔 이루어질 수 없는 사랑으로 평생을 가슴앓이하는 예도 있고, 그 사랑 때문에 더는 사랑하지 못하는 사람도 있습니다. 그런 사람의 사랑만이 절대적인 것은 아닐지라도 다시 생각해 봐도 지울 수 없는 얼굴이 가슴에 펄펄 살아 있다는 것은 내가 진짜 사랑을 했다는 것이 아닐까요. 그로 인해 나는 분명 생의 지평이 아픔 속에 한자쯤 크지 않았을까 싶기도 합니다. 사랑 때문에 아파해 보지 않은 사람과는 차 한잔 마시고 싶지 않은 오늘, 지울 수 없는 얼굴들을 떠올리며 높아 가는 맑은 하늘을 쳐다봅니다. 어떻게 생각하면 모든 희망이 사라졌다 싶을 만큼 가슴이 내려앉았던 사랑 한번 못해 본 사람처럼 불행한 사람이 있을까 싶기도 하네요.

한가위

이해인(李海仁 · 1945~　)

사람들이 모두
가족이 되어
사랑의 인사를 나누는 추석날
이승과 저승의 가족들이
함께 그리운 날
감사와 용서를
새롭게 배우는 날

하늘과 땅
고향의 산과 강
꽃과 새가
웃으며 달려오네

힘든 중에도
함께 살아갈 힘을
달님에게 배우며
달빛에 마음을 적시는 우리

고향을 떠날 때쯤은

조금 더 착해진 마음으로
서로가 서로에게
둥근 달이 되어 주는 추석날.

　추석이 며칠 남지 않았습니다. 언제나 그렇지만 가까운 이웃과
지인들의 선물을 챙기며 명절이 다가오고 있음을 실감하네요. 누
렇게 익어 가는 들판을 가로질러 시골 형님 댁에 찾아갈 생각만으
로도 마음은 벌써 부자가 되네요. 형님 내외분께 드릴 작은 선물을
준비하는 마음 또한 행복합니다. 난생처음 겪은 지난여름의 불볕
더위가 이 가을을 얼마나 간절히 기다렸던가요. 정말로 간절히 모
셨고 좋은 계절입니다. 거짓말처럼 하루가 다르게 낮아지는 기온
의 하강은 이제 전형적인 가을의 모습을 보여 주겠지요. 나는 가
족이 모인다는 것의 소중함보다 더한 귀중함을 알지 못합니다. 부
모 · 형제가 한자리에 모인다는 것은 인간사 가장 큰 행복임을 알
기 때문이지요. 극단적인 표현이 될지 모르지만, 그 짭짤한 행복
을 느낄 수 없는 사람에겐 진정한 명절의 의미는 없는지도 모르겠
습니다. 사는 것은 풍요로워졌는데 부모 · 형제는 물론 친인척 간
의 그 도타웠던 정과 사랑은 많이도 퇴색한 오늘을 살면서 우리가
회복해야 할 것이 무엇인가 싶기도 합니다. 추석은 서로 수고했다
다독이는 선물의 날이란 생각도 해 보네요. 사는 것이 쉽지 않기에
토닥이는 마음은 그래서 더 큰 힘과 용기를 주는 것 같습니다.
　충남 대천에 살 때 추석이 돌아오면 걷지도 못하고 보장구도 없
던 시절에도 기를 쓰고 명절에 섬 고향에 갔던 것은 부모님과 함께

보내야 했기 때문이었습니다. 남들 다 오는데 불편한 아들만 못 오면 어머니 마음이 어떨까 싶은 마음에 그 험로를 뚫고 형제의 등을 빌려 고향을 찾았던 추석이었지요. 세월이 흐른 지금도 그 시절의 추석은 가장 아름다운 기억으로 남아 있습니다. 만날 수 있는 부모·형제가 존재한다는 것은 곧 '내가 가야 한다'라는 것을 뜻하기도 하지요. 추석이 기다려지는 것은 만날 수 있기 때문입니다.

그 먼 나라를 알으십니까

어머니
당신은 그 먼 나라를 알으십니까?

깊은 삼림지대를 끼고 돌면
고요한 호수에 흰 물새 날고
좁은 들길에 들장미 열매 붉어
멀리 노루새끼 마음 놓고 뛰어다니는
아무도 살지 않는 그 먼 나라를 알으십니까?
그 나라에 가실 때에는 부디 잊지 마세요
나와 같이 그 나라에 가서 비둘기를 키웁시다

어머니
당신은 그 먼 나라를 알으십니까?

산비탈 넌지시 타고 내려오면
양지밭에 흰 염소 한가히 풀 뜯고
길 솟는 옥수수밭에 해는 저물어 저물어
먼 바다 물소리 구슬피 들려오는
아무도 살지 않는 그 먼 나라를 알으십니까?

어머니 부디 잊지 마세요
그때 우리는 어린 양을 몰고 돌아옵시다

어머니
당신은 그 먼 나라를 알으십니까?

오월 하늘에 비둘기 멀리 날고
오늘처럼 촐촐히 비가 나리면
꿩소리도 유난히 한가롭게 들리리다
서리가마귀 높이 날아 산국화 더욱 곱고
노란 은행잎이 한들한들 푸른 하늘에 날리는
가을이면 어머니! 그 나라에서

양지밭 과수원에 꿀벌이 잉잉거릴 때
나와 함께 새빨간 능금을 또옥 똑 따지 않으렵니까?

한글날이던 지난 9일은 어머니 제삿날이었습니다. 지난 2010년 10월 9일 그렇게 여든아홉에 지상의 소풍을 끝내시고 홀연히 칠남매 곁을 떠나셨지요. 늘 그랬지만 올해도 어머니께 드리는 편지를 썼습니다. 첫해엔 너무 길다는 동생들의 항변(?)에 짧게 쓴다고 해도 편지가 늘 길어지네요. 해마다 제사상 앞에서 편지를 읽어 드립니다. 형제들은 물론 여러 조카와 때론 친인척까지 그 내용을 듣고 또 집안 카페에 올립니다. 올처럼 몸이 아파 참석을 못 하는 형제에겐 별도로 인쇄해서 보내거나 사회관계망서비스(SNS)를 통해 보냅니다. 그동안 어머니한테 편지를 쓰면서 글을 쓰는 자식이 한 명쯤 있는 것도 괜찮다 싶었고 그 일을 내가 할 수 있음 또한 감사했네요. 어머니란 말만 들어도 목이 멘다는 분들이 많지만, 나는 지금도 그렇습니다. 아마도 평생 그러지 않을까 싶어요. 그만큼 어머니에 대한 그리움과 보고 싶음이 가시질 않기 때문입니다. 어머니 살아생전 너무 큰 아픔을 드렸던 자식이기에 아마도 더 그렇지 않을까 싶지요. 그래도 올해는 기쁜 소식을 전할 수 있어 더 행복했습니다. 평생소원이었던 문단 등단(데뷔)을 이번 겨울호 한 문예지를 통해 확정된 상태여서 우선 그 소식을 전하는 기쁨이 컸어요. 등단작의 제목 또한 〈어머니에게 진 빚을 갚기 위해〉입니다. 하루 한 날 어머니를 잊은 적이 없었던 것 같네요.

내가 잘사는 것 외엔 어머니께 진 빚을 갚을 수 없기에 오늘 하루도 삶의 신선도(Fresh)를 유지하기 위해 책을 펼치는 것이지요. 지난 여름부터 두 곳의 복지관에서 내 강의를 듣는 분들이 점점 많아지고 있음 또한 감사한 일입니다. 얼마 전엔 「장애예술인수첩」이란 책이 발간되었고, 우리나라 장애예술인 343명 중에 내가 들었다는 것도 감사했습니다. 그러면서 다짐하게 되네요. 더 열심히 좋은 삶과 글로 잘 살겠노라고요. 어머니의 하나님이 오늘 나의 하나님이심이 오늘처럼 감사한 때도 없었던 것 같네요.

가을

함민복(咸敏復 · 1962~)

당신 생각을 켜 놓은 채 잠이 들었습니다.

_〈가을〉
「모든 경계에는 꽃이 핀다」(창비/1996) 전문

가을이 참 곱고 예쁩니다. 슬프도록 아름답다는 말이 실감 나네요. 하늘은 높고 푸릅니다. 이맘때가 되면 기러기 떼가 끼룩끼룩 찾아와 하늘을 높이 가로지르지요. 그들도 지상의 가을 단풍이 처절하도록 곱다는 것을 노래하는 듯합니다. 가을은 추남(秋男)들에겐 외로운 계절이기도 하지요. 가을을 노래한 숱한 시들이 입가에 맴돌며 가슴 저리도록 행복하게 합니다. 오늘 이 시는 딱 한 줄이네요. 절창입니다. 이 몇 자 안 되는 시를 읊조리며 가을을 노래할 수 있다는 것도 어찌나 좋은지요. 다른 분의 작품이지만 "누구의 시린 눈물이 넘쳐/저리도 시퍼렇게 물들였을까" 〈가을 하늘〉이란 시도 벌써 며칠째 읊조리고 있습니다. 행복합니다.

"귀가 멍해지는 소음 속에도 완전히 정지된 내면의 시간이 있다. 그리고 나는 뼛속까지 내가 혼자인 것을 느낀다. 정말로 가을은 모든 것의 정리의 달인 것 같다. 옷에 달린 레이스 장식을 떼듯이 생활과 마음에서 불필요한 것을 모두 떼어 버려야겠다."란 전혜린의 읊조림이 바로 오늘처럼 느껴집니다.

가을은 누가 뭐라고 해도 결실의 계절이지요. 마치 봄과 여름이 가을을 위해 존재했던 것처럼 느껴질 정도입니다. 오곡이 그렇고 모든 지상의 나무와 풀 또한 다르지 않습니다. 끝맺음을 그렇게 아름답게 엮어 가는 모습을 보면서 삶도 그래야겠다는 다짐을 다시 했네요. 지상의 모든 낙엽은 꼭 '어느 사랑의 종말을 위한 협주곡' 같습니다. 모든 것이 시들어도 절대 추하지 않은 가을이 참 부럽고 닮고 싶어요. 어떻게 살면 나의 가을도 그렇게 맞고 보낼 수 있으려나 싶기도 하네요. 가을을 진정 사랑하지 않을 수 없는 것은 소멸같이 보이는 계절에 세상 만물의 이치를 다 담아 놓은 하나님의 진정한 섭리 때문입니다.

4부

백 개의 태양을 피워 내는 법

시인의 밭에 가서

김화순(1957~)

비 오다 활짝 갠 날, 김포 대곶리 시인의 텃밭에 가서 나는 보았네. 엉덩이 까고 펑퍼짐하게 나앉은 비닐 모판 위 배추들. 하나같이 큰 손바닥만한 잎들에 구멍 숭숭 뚫려 있었네. 제 둥근 몸 안에 벌레를 키우고 꼿꼿이 서서 가을을 당당히 걸어가는 속이 꽉 들어찬 아낙들

그렇지, 사는 일은 빈틈없는 생활에 구멍 숭숭 내는 일이 아닌가 몰라. 벌레가 먹을 수 있어야 무공해 풋것이듯이 생활도 벌레를 허용할 수 있어야 자연산 인간일 수 있다는 생각. 그렇지, 사는 일이란 시인의 밭에 자라고 있는 배추처럼 자신의 몸이 기꺼이 누군가의 밥이 되는 일 아닌가 하는 그 푸른 기특한 생각, 들판 가득 향기처럼 번지고 있었네.

_〈시인의 밭에 가서〉
「사랑은 바닥을 쳤다」(천년의 시작/2006) 전문

며칠 전 길을 가다 이파리 하나가 무릎에 뚝 떨어졌습니다. 휠체어를 타고 다니는 탓에 가능한 일이지요. 털어내려다 보니 뼈대만 남은 앙상한 낙엽 한 잎이었지요. 갑자기 마음이 찡해 왔습니다. 생명의 뿌리이자 줄기였던 나무에 매달려 있는 동안 벌레에게 뼈

만 남기고 온몸을 다 내어 준 탓이었지요. 이파리는 얼마나 아팠을까 싶었습니다. 생살이 뜯겨 나가는 아픔보다 더 큰 고통이 또 있으려고요. 그 모진 인고(忍苦)에도 나는 아무런 소리도 듣지 못했구나 싶었습니다. 헛껍데기처럼 가볍고 뒤틀린 낙엽 한 장은 오늘 내 삶을 다시 되돌아보게 하는 스승이었지요. 보시(布施)라는 말이 이런 것인가 싶었고 선뜻 내버리지 못하고 목적지에 와서야 가만 내려놓았습니다. 한 박자 쉬며 '잘 가라' 했지요. 때마침 휭하니 불어온 바람이 다 줘서 가볍기만한 이파리 하나를 훌쩍 어디론가 데려갔습니다. 집안에 들어와 짐을 풀었지만 조금 전 있었던 아주 작은 일은 절대 작지 않게 나를 한동안 멍하게 만들었습니다. '벌레에 기꺼이 자기 몸을 밥으로 내놓는 저 눈부신 소신공양'이라는 말이 아니더라도 오늘 문득 내가 하나의 나뭇잎보다 못한 삶을 살고 있지는 않은지 자문하며 부끄러워졌습니다. 생각하면 참 많은 것을 가진 나. 주려고 맘만 먹으면 줄 것이 태산처럼 많을지도 모르는데 싶으니, 정신이 번쩍 드는 것 같았지요. 나는 과연 세상에 무엇을 줄 수 있을까요. 가만 생각하니 줄 것은 엄청 많았습니다. 그중에 제일은 무엇일까, 곰곰 생각했네요. 욕심이지만 내가 아는 모두에게 작더라도 삶의 기쁨과 희망을 줬으면 제일 좋겠습니다. 끝까지 이파리보단 더 나은 삶을 살아야 할 텐데 싶지요. 하나님의 섭리와 이치는 아주 하찮은 것에서 진리를 발견하게 하고 그 진리의 소중함과 아름다움을 깨닫게 하시니 오늘도 감사가 절로 나옵니다.

11월

이호준(필명 사강)

괜히 11월일까
마음 가난한 사람들끼리
따뜻한 눈빛 나누라고
언덕 오를 때 끌고 밀어주라고
서로 안아 심장 데우라고
같은 곳 바라보며 웃으라고
끝내 사랑하라고
당신과 나 똑같은 키로
11
나란히 세워 놓은 게지.

세월이 흘러도 시(詩)를 왜 읽을까 싶을 때가 많습니다. 이런저런 학설이나 논리는 다 제쳐 두고 나는 마음이 따뜻해지므로 읽습니다. 좋은 시 한 편은 좋은 책 한 권을 다 읽고 났을 때와 다르지 않지요. 수천수만의 언어를 집약해 당신에게 전할 꼭 한마디 말을 남기는 것, 그것이 바로 시라 할 수 있습니다. 그러므로 좋은 시는 외우지요. 좋은 시 한 편을 외우는 충분한 이유와 뜻이 있습니다. 좋은 시 한 편을 만나면 우선 단박에 시인의 이름을 기억하게 됩니다. 그 한 편으로 인해 시인의 다른 작품들이 궁금해지지요. 그래서 또 찾아 읽게 되고 그러다 보면 시인은 마음밭에 뿌리를 내리고 후엔 친구가 됩니다. 좋은 시는 감춰지지 않아요. 언제 어디서든 주머니 속 송곳처럼 뾰족이 얼굴을 내밉니다. 어떻게 생각하면 책이나 음악도 다르지 않고 세상의 이치 또한 그런 것 같습니다. 눈 맑은 사람이 찾아내 지인에게 전하고 그것은 자연스레 입소문을 타는 과정을 거치는 것 같습니다. 떨어진 잎들이 지상의 모든 땅을 온통 덮으려는 듯 일대 장관입니다. 겨울로 가는 문턱에 다다랐다는 뜻이겠지요. 11월의 의미를 이 시는 아주 잘 나타내고 있군요. 시가 꼭 어려워야 할 필요는 전혀 없습니다. 이렇게 쉬운 말로 물 흐르듯 써 내려간 시가 얼마나 좋은 작품인지를 보여 주는 것 같지요. 이 시를 읽다 갑자기 노자의 「도덕경」 8장에 나오는 '상선약수(上善若水)'가 생각나는 것은 왜일까 모르겠습니다. 1자 두 개를 겹쳐 놓고 나란히 세워 놓은 의미를 묻는 시인이나 '최고의 선(善)은 물과 같다.'라는 노자는 닮은꼴입니다. 마음밭이 식지 않도록 겨울을 날 불꽃의 심지를 조금 더 올려야겠습니다.

주름

조원규 (1963~)

눈썹 사이 내 천(川)이
사라지질 않는다

아이가 문질러 펴보다 가고
겨울 햇살 너무 밝은데

누가 칼질한 자국일까
꿈에 가던 길들의 여운일까

이젠 내가 주름을 잡아 보려고
흐르는 내(川) 속으로 뛰어든다.

가로수의 잎들이 거의 다 떨어졌습니다. 조금은 쓸쓸해지는 것도
어쩔 수 없네요. 나이를 먹는다는 것이 과연 무엇일까요? 요즘처
럼 겨울로 들어서는 문턱에 이르면 해마다 몸살처럼 그런 상념(想念)
에 빠지는 것은 나만일까 싶기도 합니다. 이어령은 그의 책 「하나
의 나뭇잎이 흔들릴 때」에서 "나이는 고독의 신장(身長)이며 고독은

그 연륜이다.”라고 했고 철학자 A. 쇼펜하우어는 “인생의 처음 40년은 본문(本文)이고 나머지 30년은 주석(註釋)이다.”란 말을 남겼지요. C. 콜린스는 “남자는 늙어 감에 따라 감정이 나이를 먹고 여자는 늙어 감에 따라 얼굴이 나이를 먹는다.”란 말을 했고 J. G. 헤르데르의 「人類史의 哲學을 위한 諸理念」이란 글에서는 “우리들의 나이는 식물의 그것이다. 싹을 내고 성장하고 꽃을 피우고 시들고 그리고 마른다.”란 말을 남기기도 했군요. 독일 속담엔 “늙는다는 것, 그것은 삶의 기술이다.”란 말이 전해진다고 합니다만 영국으로 건너가 보면 “나이를 먹으면 슬기로워진다(Years bring wisdom).”란 말이 참 좋군요. 독일의 괴테는 “나이가 많으면 마음의 안정을 도로 찾는 것이다.”란 말을 남겼습니다.

　나이에 대한 수없이 많은 정의와 논리가 있겠지만 나이 또한 하나님의 선물이라 느껴집니다. 나이를 먹는다는 것은 가장 자연스러운 신의 섭리 중 하나지요. 거역할 수도, 거부할 수도 없는 불변의 법칙이면서 세상의 이치이기도 합니다. 그렇기에 안타까워하거나 슬퍼할 일은 더더구나 아니지요. 나이는 순응해야지 거부할 수 있는 것이 아니기 때문입니다. 나이를 먹으면서 생기는 인생사 모든 과정은 당신이 참 잘 살았다는 것이 아닐까요. 다만 열심히 사는 것 외엔 나이와 세월 그리고 내 몸에 생기는 모든 현상과는 친해질 수 없는 것 같습니다.

내가 만난 사람은 모두 아름다웠다

이기철(李起哲·1943~)

잎 넓은 저녁으로 가기 위해서는
이웃들이 더 따뜻해져야 한다
초승달을 데리고 온 밤이 우체부처럼
대문을 두드리는 소리를 듣기 위해서는
채소처럼 푸른 손으로 하루를 씻어 놓아야 한다
이 세상에 살고 싶어서 별을 쳐다보고
이 세상에 살고 싶어서 별 같은 약속도 한다
이슬 속으로 어둠이 걸어 들어갈 때
하루는 또 한 번의 작별이 된다
꽃송이가 뚝뚝 떨어지며 완성하는 이별
그런 이별은 숭고하다
사람들의 이별도 저러할 때
하루는 들판처럼 부유하고
한 해는 강물처럼 넉넉하다
내가 읽은 책은 모두 아름다웠다
내가 만난 사람은 모두 아름다웠다
나는 낙화만큼 희고 깨끗한 발로
하루를 건너가고 싶다
떨어져도 향기로운 꽃잎의 말로

내 아는 사람에게
상추잎 같은 편지를 보내고 싶다.

세월이 참 빠릅니다. 올해도 한 달 조금 더 남았군요. 세월은 나이의 숫자만큼 달린다는 말이 거의 맞는 것 같습니다. 50대는 50킬로, 60대는 그 속도로 달린다는 말이지요. 그렇다면 내년은 올해보다 1킬로가 더 빨라진다는 얘기가 되지요. 7~80에 느끼는 세월의 단상(斷想)이 어떨까 싶어지네요. 하여튼 나같이 60대는 60킬로의 속도로 달리고 있음은 사실인 것 같습니다. 올해도 멈춤 없이 달려왔지만 가만 생각하면 감사뿐이네요. 뭥을 할 수 있었다는 것처럼 행복하게 하는 것도 없습니다. 일상(日常)의 행복이 그만큼 컸다고도 할 수 있지요. 어떻게 생각하면 그 일상보다 더 찬란한 행복이 과연 삶에서 얼마나 될까 싶어질 때가 있어요. 작은 일상의 복을 누리며 살았다는 것은 아무 일도 없었다는 뜻도 되겠지만 그게 바로 무고(無故)했다는 의미가 되기에 최고로 감사한 일이 아닐 수 없지요. 사람들은 흔히 뭣인가 일어나기를 바라지만 아니오, 일어나지 않는 것이 좋습니다. 평범한 일상이란 가장 순조롭고 평화로운 한 해를 살아왔다는 뜻이기에 축복이 아닐 수 없지요. 하지만 삶의 속도가 빨라지면서 오늘 내가 해야 할 뭥(使命)에 대한 게으름은 피우지 않았나 자문하게 되고 또 반추하게 됩니다. 매해 올해도 잘 살았다고 할 수는 없겠지만 나름으로 감사의 깊이를 더하는 오늘은 분명 축복이 아닐 수 없지요. 이 시를 몇 번 읽었습니다. 도저히 시인의 그 경지엔 이르지 못하지만, 시인의 삶이 참 부럽다 싶더라고요. '맑게 사는 삶'이란 생각이 들었기 때문입니다. 그렇게 살지 않고서야 어떻게 이런 글을 쓸 수 있을까 싶지요. 닮고 싶은 사람이 많다는 것 또한 복이 아닐 수 없습니다. 나도 내가 만난 사람은 모두 아름다웠다고 하고 싶어지네요. 2018년, 예순두 번째 가을을 보내면서요.

여보! 비가 와요

신달자(慎達子 · 1943~)

아침에 창을 열었다
여보! 비가 와요
무심히 빗줄기를 보며 던지던
가벼운 말들이 그립다
오늘은 하늘이 너무 고와요
혼잣말 같은 혼잣말이 아닌
그저 그렇고
아무렇지도 않고 예쁠 것도 없는
사소한 일상용어들을 안아 볼을 대고 싶다
너무 거칠었던 격분
너무 뜨거웠던 적의
우리들 가슴을 누르던 바위 같은
무겁고 치열한 싸움은
녹아 사라지고
가슴을 울렁거리며
입이 근질근질 하고 싶은 말은
작고 하찮은
날씨 이야기 식탁 위의 이야기
국이 싱거워요?

밥 더 줘요?
뭐 그런 이야기
발끝에서 타고 올라와
가슴 안에서 쾅 하고 울려오는
삶 속의 돌다리 같은 소중한 말
안고 비비고 입술 대고 싶은
시시하고 말도 아닌 그 말들에게
나보다 먼저 아침밥 한 숟가락 떠먹이고 싶다.

_〈여보! 비가 와요〉
「오래 말하는 사이」(민음사/2014) 전문

12월입니다. 불이 없으면 살 수 없는 계절이지요. 겨울은 가난하고 헐벗은 이웃을 챙기라는 선물의 계절이 아닌가 싶기도 해요. 가슴을 뜨겁게 하는 제동기가 고장난 사람들은 이 겨울이 훨씬 더 춥지요. 매년 겨울이 되면 "연탄재 함부로 발로 차지 마라 너는 누구에게 한 번이라도 뜨거운 사람이었느냐"고 묻는 안도현의 〈너에게 묻는다〉란 시가 떠오르며 오늘 내가 꼭 말로 표현해야 할 말의 빚진 자는 누구이며 내가 전해야 할 한마디 말은 또 무엇일까, 생각하게 됩니다. 빚진 말은 때를 놓치기 일쑤지요. 늦기 전에 전해야 합니다. 노랫말 중에도 "늦었지만 미안해요 미안해요 더 아껴 주지 못해서" 이런 가사도 있지요. 삶에서 그냥 일상어라고 할 수 있는 소소한 행복이 얼마나 귀한 것인가를 다시 깨닫게 됩니다. 그러면서 정신을 차려 보네요. 훌쩍 가 버린 올해 안에 내가 사랑의 빚진 말을 갚아야 할 사람이 누구인가 싶어서지요. 고마웠고, 감사했다고 빈말 같지만 하지 않으면 그냥 빚으로 쌓여 있는 돈 안 드는 인사말이 누군가에겐 천금보다 더 값진 것이 될 수 있음을요. 올해도 나 혼자 여기까지 온 줄로 생각하는 사람들이 많습니다. 하지만 아니지요. "누군가 널 위해 기도하네"란 노랫말이 떠올라요. 그 기도 덕에 오늘 내가 이렇게 숨 쉬며 오늘까지 살고 있음을 이젠 알겠더라고요. 나이가 그리고 세월이 그것을 알려 주네요. 선물이지요. 먹을 것과 입을 것, 그것을 쌓아 놓고도 베풀 줄 모르는 사람들이 많습니다. 가난한 사람들이지요. 가진 것 넉넉잖아도 베푸는 사람들은 부자들인데 평생을 살아도 그것을 깨닫지 못한다는 것은 참 안타까운 일이지요. 겨울의 의미를 되새기며 말빚만은 지지 않는 겨울이면 얼마나 좋을까 싶습니다. 나를 위한 당신의 기도가 생명의 불이었고 가장 따뜻한 아랫목임을 다시 배웁니다.

편안한 사람

문정희(文貞姬 · 1947~)

오후가 되면
어김없이
햇살이 찾아드는 창가

오래전부터 거기 놓여 있는
의자만큼
편안한 사람과
차를 마신다

순간인 듯
바람이 부서지고
낮은 목소리로 다가드는 차맛은
고뇌처럼 향기롭기만 하다

두 손으로 받쳐 들어도
온화한 찻잔 속에서
잠시 추억이 맴돈다

이제 어디로 가야 할까?

우리가 이렇게 편안한 의자가 되고
뜨거웠던 시간이
한 잔의 차처럼 조용해진 후에는…

오후가 되면
어김없이 햇살이 찾아드는 창가
편안한 사람과 차를 마신다.

　며칠 동안 다양한 사회관계망서비스(SNS)를 통해 2018『문학에스프리』 신인상 수상을 축하하는 메시지를 받았습니다. 한 해를 마무리하는 시점이어서 감회는 더 새로운 것 같기도 했네요. 책에는 보낸 원고 세 편 중 한 편이 실렸지만, 표지에 내 이름 석 자가 인쇄된 책을 받아 보는 감회는 회상에 젖지 않을 수 없게 했습니다. 등단(登壇)에 세월이 너무 오래 걸린 탓도 있고 앞으로 어떤 글을 써야 할지에 대한 막막함 또한 없지 않았습니다. 심사평을 읽어 보니 '신인을 수필가로 내보낸다.'란 표현이 있었고 '수필로서 기본적인 형태를 갖추었기 때문이다.'란 표현도 있었습니다. 그러면서 '체험의 객관화를 통해 사적인 의미를 넘어 보다 공적인 가치를 지향하는 단계로 더 나아갔으면 한다.'란 말을 덧붙였더군요. 맞지요. 앞으로의 고민은 '한 편의 글이 그냥 글이 아니라 문학작품이 되는 것'이란 말에 공감하며 한껏 무거워진 어깨를 체감해야 했습니다. 앞으로의 숙제를 잠시 미루고 생각했네요. 늦은 세월에도 꿈은 이렇게 이루어지는구나! 라고요. 포기만 하지 않는다면 길은 있다는 뜻이겠지요. 하나님께서 높여 주심 또한 감사했습니다. 형제와 지인들에게 소식을 알리며 행복했고 그러면서 다짐하게 되네요. 앞으로 남은 생애 동안 다만 나는 나의 글을 쓰겠노라고요. 욕심이라면 누군가에게 편안한 사람처럼 그렇게 읽기에 편안한 글을 쓰자고 다짐하며 자축의 잔을 들었습니다. 오래 입은 옷과 신발처럼 그리고 말이 필요 없는 지인처럼 그런 문학인이 됐으면 좋겠습니다. 항상 모나지 않고 문학보다 사람이 먼저인 그런 문인이라면 오래오래 향기가 나지 않을까요. 이 겨울, 청죽이라는 이름만으로 누군가에게 한 장의 연탄 같은 글을 쓸 수 있다면 참 좋겠습니다.

설일(雪日)

김남조(金南祚 · 1927~2023)

겨울 나무와
바람
머리채 긴 바람들은 투명한 빨래처럼
진종일 가지 끝에 걸려
나무도 바람도
혼자가 아닌 게 된다

혼자는 아니다
누구도 혼자는 아니다
나도 아니다
실상 하늘 아래 외톨이로 서 보는 날도
하늘만은 함께 있어 주지 않던가

삶은 언제나
은총(恩寵)의 돌층계의 어디쯤이다
사랑도 매양
섭리(攝理)의 자갈밭의 어디쯤이다

이적진 말로써 풀던 마음

말없이 삭이고
얼마 더 너그러워져서 이 생명을 살자
황송한 축연이라 알고
한 세상을 누리자

새해의 눈시울이
순수의 얼음꽃
승천한 눈물들이 다시 땅 위에 떨구이는
백설을 담고 온다.

한 해를 마무리하며 원고를 씁니다. 아쉬운 부분이 없지 않으나 생각하니 다 감사뿐이네요. 올해도 아주 바빴습니다. 할 일이 있어 감사한 감사가 가장 많았던 해였네요. 때론 혼자여서 외롭고 힘들었지만 가만 생각하면 혼자가 아니었음을 이젠 압니다. 달리 생각해 보면 그리스도인이 '외롭다'라고 하면 안 된다는 것을 압니다. 주님이 함께하시기 때문이지요. 가장 단순한 깨달음인데도 때론 투정을 부리며 지난 한 해를 보낸 것도 같습니다. 혼자 가는 길에도 그림자가 따라가고 주님이 동행함을 이제는 알겠습니다. 주님은 올해도 외롭다는 투정을 엄마의 가슴으로 안아 주시고 품어 주셨음에 감사합니다. 그래도 잘 견뎠고 주어지고 맡겨진 몫(使命)을 감당해 왔네요. 12권의 '활짝웃는독서회' 회지를 만들다 보니 1년이 다 갔어요. 그 와중에도 여름에 책을 한 권 냈고 성적은 좋지 않으나 학업을 계속할 수 있었으며 또 어제 등단 시상식을 끝으로 문단에 고개를 내민 해였으니까요. 불덩이 하나 가슴에 안고 뛴 해였으나 주님 앞에 부끄러워짐은 어쩌지 못합니다. 더 많이 기도하지 못했고 묵상과 교회 출석은 초라하기까지 합니다. 그래도 이만큼 따라 준 건강에 감사하고 아래의 시를 다시 읽어 보네요.

혼자는 아니다
누구도 혼자는 아니다
나도 아니다
실상 하늘 아래 외톨이로 서 보는 날도
하늘만은 함께 있어 주지 않던가

뭉클합니다. 내년에는 올해보다 덜 외로웠으면 좋겠어요. 강의를 줄일 수는 없지만, 뺄 수 있는 것은 될 수 있는 대로 줄이고 기도와 말씀 묵상만은 훨씬 늘리고 싶고 단순한 생활과 감사를 더 많이 배우고 실천하는 새해를 맞고 싶어집니다.

내 가슴속 램프

정채봉(丁埰琫 · 1946~2001)

1월 1일 아침에 세수하면서 먹은
첫 마음으로 1년을 산다면

학교에 입학하여 새 책을 처음 펼치던
영롱한 첫 마음으로 공부를 한다면

사랑하는 사이가
처음 눈이 맞던 날의 떨림으로 내내 함께한다면

첫 출근하는 날
신발끈을 매면서 먹은 마음으로
직장일을 한다면

아팠다가 병이 나은 날의
상쾌하고 감사한 마음으로
몸을 돌본다면

개업날의 첫 마음으로
손님을 늘 기쁨으로 맞는다면

세례 성사를 받던 날의 빈 마음으로
눈물을 글썽이며 신앙 생활을 한다면

나는 너, 너는 나라며 화해하던
그날의 일치가 가시지 않는다면

이 사람은 그때가 언제이든
늘 새 마음이기 때문에
바다로 향하는 냇물처럼 날마다가
새로우며 깊어지며 넓어진다.

새해가 밝았습니다. 매년 첫 주는 휴강을 하는 관계로 며칠째 이런저런 것들을 정리하며 보내고 있네요. 지난해는 정말로 매우 바빴습니다. 회지 12권과 두 번째 책인 「아버지의 손과 지게」를 냈고 그 와중에 쓴 세 편의 글이 한 문예지의 신인상 모집에 뽑혀 연말에 수상하게 됐지요. 늦었지만 꿈을 이룬 해이기도 했습니다. 생을 사랑하는 불덩이 하나 가슴에 안고 살아온 세월이 결코 헛된 것은 아니라는 것을 체감하며 감사했지요. 시상식에서 형님 내외와 지인들의 축하에 행복했습니다. 심사위원들의 글에 대한 호평도 감사했고요. 앞으로 어떤 글을 쓸 것인가 어깨가 가볍지만 않지만, 꾸밈없이 살아온 그대로 삶의 진실을 몸으로 증명하듯 써 나갈 참입니다. 앞으로는 개인적인 시야를 넘어 평생 천착해 온 삶과 봉사 그리고 문학에 관한 얘길 써 나갈 참이네요. 나는 지금도 '아무짝에도 쓸모없는 것(Useless)'가 인생에서 제일 무섭습니다. 공부하지 않을 수 없는 유일한 이유이기도 하지요. 삶의 신선도는 저절로 유지되는 것이 아니기에 올해도 할 일이 태산입니다. 글을 쓰겠다는 그 첫 마음과 새해 첫날의 다짐처럼 올해도 믿음을 키우고 또 더 많이 사랑하며 살고 싶습니다.

경이로운 나날

김종길(金宗吉 · 1926~2017)

경이로울 것이라곤 없는 시대에
나는 요즈음 아침마다
경이와 마주치고 있다

이른 아침 뜰에 나서면
창밖 화단의 장미 포기엔
하루가 다르게 꽃망울이 영글고,

산책길 길가 소나무엔
새순이 손에 잡힐 듯
쑥쑥 자라고 있다

해마다 이맘때면 항다반으로 보는
이런 것들에 왜 나의 눈길은 새삼 쏠리는가
세상에 신기할 것이라곤 별로 없는 나이인데도.

새해를 맞은 지 한 주가 지났습니다. 나이가 깨닫게 하고 가르쳐 주는 것이 참 많네요. 전에는 전혀 생각 못한 것들이 한둘이 아닙니다. 그중에 맨 먼저 실천해야겠다 싶은 것 중의 하나는 '하루를 선물로 시작하는 것'입니다. '오늘은 선물입니다(Today is present).'라는 것이지요. 당연히 받는 것이 아니라 특별한 선물이라는 것. 허락하지 않으시면 절대 내 것이 될 수 없는 놀라운 섭리의 사랑이지요. 그러다 보니 오늘을 경이롭게 살지 않으면 주신 분의 높은 뜻에 반하는 삶이 되겠기에 올해부터는 새 아침을 경이로 맞고 살며 보내고 싶어졌습니다. 그러다 보니 할 일은 또 그만큼 많아졌습니다. 숨을 고르며 행복으로 받습니다. 이것을 내 가슴에 '백 개의 태양을 피워 내는 일'이라 명명했네요. 태양이 지면 세상이 어둡듯 내 삶이 빛이 꺼지면 그 차갑게 식음을 어떻게 감당할 수 있을까 싶어서지요. 하여튼 뛰는 것, 'Keep on running'하는 것! 그것이 새해의 첫날처럼 나를 신선하게 하지 않을까 싶어 벽두부터 한껏 욕심을 내봅니다. 그런데 삶의 여유를 잃은 것 같으면서도 기쁘네요. 계획을 세울 수 있음도 감사하고 감사로 감사를 드릴 수 있어, 또 감사합니다. 내가 뜨거우면 올해도 내가 만나는 모두에게 조금이라도 따뜻함을 전해 줄 수도 있겠지요. 마음의 양식이 고갈되지 않도록 시간을 절약하며 써야겠다 싶어 분배에 며칠을 보냈습니다. 하여튼 뜨겁게 실천하며, 당신께 조금이라도 더 가까이 가야겠다는 마음뿐입니다.

설날 아침에

김종길(金宗吉 · 1926~2017)

매양 추위 속에
해는 가고 또 오는 거지만

새해는 그런대로 따스하게 맞을 일이다

얼음장 밑에서도 고기가 숨 쉬고
파릇한 미나리 싹이
봄날을 꿈꾸듯

새해는 참고
꿈도 좀 가지고 맞을 일이다

오늘 아침
따뜻한 한 잔 술과
한 그릇 국을 앞에 하였거든

그것만으로도 푸지고
고마운 것이라 생각하라

세상은
험난(險難)하고 각박(刻薄)하다지만
그러나 세상은 살 만한 곳,

한 살 나이를 더한 만큼
좀 더 착하고 슬기로울 것을 생각하라

아무리 매운 추위 속에
한 해가 가고
또 올지라도

어린것들 잇몸에 돋아나는
고운 이빨을 보듯

새해는 그렇게 맞을 일이다.

또 한 살을 더 먹습니다. 자격의 유무 때문은 아닌 것 같고 우선 생명은 하나님의 선물이니 무조건 받네요. 감사가 절로 나옵니다. 생명을 주신 뜻은 참으로 많겠지요. 그중 맨 먼저 떠오르는 것은 '네 몫을 하라'는 것이 아닐까 싶습니다. 달란트의 비유에서처럼 모든 사람의 능력이 같을 수는 없지요. 하지만 존재 이유는 모든 사람에게 다 있습니다. 그 옛날 어머니의 장독이 생각나네요. 아주 큰 항아리부터 작은 단지에 이르기까지 골고루 다 있었습니다. 하지만 그것들이 밥상에 오를 수는 거의 없었지요. 밥상에 오르는 것은 거기 있었던 것보다 훨씬 더 작아야 했습니다. 아주 단순한 듯싶은 그 이치가 바로 다양한 달란트를 인간에게 주신 뜻이 아닐까 싶기도 해요. 주어진 몫은 해야 합니다. 감당해야지요. 그것을 임의로 하지 않으면 생명에 반하는 유기(遺棄)가 되지요. 그것은 생명의 참뜻이 아닙니다. 또 한 살을 먹는다는 것은 분명코 올해도 내가 해야 할 일이 있다는 뜻으로 해석하고 싶습니다. 이맘때가 되면 설을 어떻게 맞을 것인가 고민하지 않는 사람은 아마도 없겠지요. 나 또한 마찬가집니다. 새해를 맞는 것이 행복한 것은 올해도 해야 할 일이 숱하게 쌓여 있다는 것이군요. 내가 하지 않으면 아무도 할 수 없는 그런 일이면 더 의미가 있을까요? 하여튼 설은 축복의 새 아침이 아닐 수 없습니다. 부모·형제는 물론 가족끼리 모일 수 있다는 것만으로도 아름다운 설을 맞는 그것으로 생각하며 시인의 노래처럼 '어린것들 잇몸에 돋아나는 고운 이빨을 보듯' 그렇게 맞고 또 한 해를 살아갈 참입니다.

민들레의 領土

이해인(李海仁 · 1945~)

기도는 나의 음악
가슴 한복판에 꽂아 놓은
사랑은 단 하나의
聖스러운 깃발

太初부터 나의 領土는
좁은 길이었다 해도
고독의 眞珠를 캐며
내가
꽃으로 피어나야 할 땅

애처로이 쳐다보는
人情의 고움도
나는 싫어

바람이 스쳐 가며
노래를 하면
푸른 하늘에게 피리를 불었지

태양에 쫓기어
활활 타다 남은 저녁노을에
저렇게 긴 江이 흐른다

노오란 내 가슴이
하얗게 여위기 전
그이는 오실까

당신의 맑은 눈물
내 땅에 떨어지면
바람에 날려 보낼
기쁨의 꽃씨

흐려 오는
세월의 눈시울에
原色의 아픔을 씹는
내 조용한 숨소리

보고 싶은 얼굴이여.

　발안 형님 댁에서 설을 잘 쇠고 돌아왔습니다. 이번에도 형님 내
외의 노고가 많으셨지만, 그 덕에 형제들은 물론 여러 집 조카까지
다 모여 담소하며 차례를 모실 수 있었네요. 모일 때마다 누군가의
희생이 따릅니다. 그 희생이 없이는 모일 수 없지요. 우리 집안은

작은형수님이 그 몫을 담당하고 계시는데 늘 고마움뿐입니다. 그러면서 한편으로는 죄송스럽지요. 청죽의 동서(同壻)를 두지 못한 탓에 말입니다. 앉아서 음식상을 받을 때면 늘 그런 생각이 들지요. 나도 아내가 있었으면 얼마나 좋을까 하고요. 솔직한 고백입니다. 그래서 형수님을 좀 도와드릴 수 있다면 내 마음의 짐은 얼마나 가벼워질까 싶어질라치면 아직도 나의 '기도는 내 음악'이 되지 못했구나 싶어 안타깝기도 합니다. 부모님이 안 계셔도 계실 때처럼 형제들이 모일 수 있다는 것은 여전히 큰 축복이고 감사하지 않을 수 없네요. 이번에도 그랬습니다. 형제들이 모이는 명절이 돌아오면 우선 작으나 선물을 준비하는 마음이 행복하고 혼자지만 형님 집을 향해 출발하는 행복이 그렇게 큰 이유는 뭔지 모르겠어요. 형님과 마주 앉아 담소하는 것이 그렇게 좋기 때문입니다. 세상살이가 고달플수록 형님과 마주 앉는 기쁨이 크다는 것은 어인 일인지 모르겠습니다. 형님 내외를 사랑하는 마음 때문일까 싶고 더 넓게는 형제애(兄弟愛)란 것이 바로 이런 것이기에 그런가 싶기도 하지요. 이번 설에도 돌아올 때 형수님은 차 트렁크에 이런저런 음식을 가득 실어 주셨습니다. 혼자 사는 시동생을 위한 먹거리지요. 챙기지 않아도 될 것까지 온통 냉장고가 가득합니다. 이런 사랑으로 사는 빚을 갚기 위해서라도 올해는 정말 '기도는 내 음악'이 되는 그런 삶을 살고 싶습니다.

내가 사랑하는 사람

정호승(鄭浩承 · 1950~)

나는 그늘이 없는 사람을 사랑하지 않는다
나는 그늘을 사랑하지 않는 사람을 사랑하지 않는다
나는 한 그루 나무의 그늘이 된 사람을 사랑한다
햇빛도 그늘이 있어야 맑고 눈이 부시다
나무 그늘에 앉아
나뭇잎 사이로 반짝이는 햇살을 바라보면
세상은 그 얼마나 아름다운가

나는 눈물이 없는 사람을 사랑하지 않는다
나는 눈물을 사랑하지 않는 사람을 사랑하지 않는다
나는 한 방울 눈물이 된 사람을 사랑한다
기쁨도 눈물이 없으면 기쁨이 아니다
사랑도 눈물 없는 사랑이 어디 있는가
나무 그늘에 앉아
다른 사람의 눈물을 닦아 주는 사람의 모습은
그 얼마나 고요한 아름다움인가.

드라마를 보거나 영화를 볼 때 옆에서 눈물을 흘리는 사람을 어뗳게 생각하시나요? 부부가 극장에 가서 남편이 계속 눈물을 훔칠 때 아내인 당신은 남편을 어떻게 생각하시나요? 혹은 반대인 경우도 마찬가지지요. 참 멋진 사람들입니다. 나와는 아무런 상관이 없는데도 눈물을 흘린다는 것! 따뜻한 가슴 가진 사람만이 그럴 수 있기에 그 눈물은 무엇과도 바꿀 수 없는 소중한 그 사람의 자산입니다. 울어야 할 때 우는 것은 너무도 당연합니다. 거기에서 흘리는 눈물의 의미는 다르지요. 부모님이 돌아가셨을 때, 남편이나 아내가 혹은 자녀가 먼저 세상을 떠났을 때 어떻게 울지 않을 수 있나요. 울지요. 그렇지만 나와 전혀 무관한 사람들의 삶에 울 수 있는 가슴을 가진 사람은 겨울의 혹한을 녹이는 아름다운 사람이지요. 나는 그런 사람들이 좋습니다. 타인의 아픔에 울 수 있는 사람. 세상에서 가장 인간적인 사람이 아닐까요. 세상은 그 맑은 눈물로 유지되고 살 만한 곳이 됩니다. 눈물이 아름다운 것은 조건이 없기 때문인지도 모르지요. 아마 맞을 겁니다. 혹한의 겨울을 나는 것도 바로 그 눈물을 흘리는 사람들이 데운 따뜻함 때문이겠지요. 나는 울 수 있는 사람을 사랑합니다.

별 헤는 밤

윤동주(尹東柱 · 1917~1945)

계절이 지나가는 하늘에는
가을로 가득 차 있습니다

나는 아무 걱정도 없이
가을 속의 별들을 다 헤일 듯합니다

가슴속에 하나 둘 새겨지는 별을
이제 다 못 헤는 것은
쉬이 아침이 오는 까닭이요,
내일 밤이 남은 까닭이요,
아직 나의 청춘이 다하지 않은 까닭입니다

별 하나에 추억과
별 하나에 사랑과
별 하나에 쓸쓸함과
별 하나에 동경과
별 하나에 시와
별 하나에 어머니, 어머니,

어머님, 나는 별 하나에 아름다운 말 한마디씩 불러 봅니다. 소학교 때 책상을 같이했던 아이들의 이름과, 패(佩), 경(鏡), 옥(玉) 이런 이국 소녀들의 이름과 벌써 애기 어머니 된 계집애들의 이름과 가난한 이웃 사람들의 이름과, 비둘기, 강아지, 토끼, 노새, 노루, '프랑시스 잠' '라이너 마리아 릴케' 이런 시인의 이름을 불러 봅니다.

이네들은 너무나 멀리 있습니다
별이 아슬히 멀 듯이

어머님,
그리고 당신은 멀리 북간도에 계십니다

나는 무엇인지 그리워
이 많은 별빛이 내린 언덕 위에
내 이름자를 써 보고,
흙으로 덮어 버리었습니다

딴은 밤을 새워 우는 벌레는
부끄러운 이름을 슬퍼하는 까닭입니다

그러나 겨울이 지나고 나의 별에도 봄이 오면
무덤 위에 파란 잔디가 피어나듯이
내 이름자 묻힌 언덕 위에도
자랑처럼 풀이 무성할 게외다.

한국에서 모든 사람의 가슴에 별이 된 단 한 사람을 꼽으라면 나는 서슴없이 윤동주 시인이 떠오릅니다. 한국인뿐만이겠습니까. 그는 시대를 초월한 가장 맑은 영혼의 소유자로 기억되며 그의 시어(詩語)들은 모두의 가슴에 오늘도 펄펄 살아 있지요. 아픈 시대와 짧았던 생애가 가슴을 아리게 하지만 그는 죽지 않았습니다. 가장 한국적인 정서(情緒)의 시 꽃을 활짝 피운 시인! 그의 이름은 윤동주입니다. 아름다운 이름. 이름만으로도 무장이 해지되는 이름. 나는 그의 시를 통해 문학은 힘이 세다는 것을 배웠지요. 정말로 문학은 힘이 셉니다. 찬란한 별처럼!

누군가 나에게 물었다

김종삼(金宗三 · 1921~1984)

누군가 나에게 물었다. 시가 뭐냐고
나는 시인이 못 됨으로 잘 모른다고 대답하였다
무교동과 종로와 명동과 남산과
서울역 앞을 걸었다
저녁녘 남대문시장 안에서
빈대떡을 먹을 때 생각나고 있었다
그런 사람들이
엄청난 고생 되어도
순하고 명랑하고 맘 좋고 인정이
있으므로 슬기롭게 사는 사람들이
그런 사람들이
이 세상에서 알파이고
고귀한 인류이고
영원한 광명이고
다름 아닌 시인이라고.

시를 쓰면서도 시가 무엇인지 잘 모르는 시인들이 많은 것 같습
니다. 나 역시 다르지 않습니다. 평생을 문청(文青)으로 살면서 답을

찾으려 하지만 솔직히 아직도 손에 잡히질 않습니다. 그 해답을 얻은 사람은 누구일까요. 현대시는 난해하고 길이 또한 길어졌습니다. 오죽하면 시를 읽지 않는 시대라는 말이 다 생겼을까요. 어떤 시는 읽어도 무슨 말인지를 전혀 이해하지 못할 때가 있습니다. 시인은 과연 알고 썼을까 싶을 때도 있지요. 문학을 가르치는 교수나 평론가만 이해할 수 있는 시라면 어떻게 대중에게 다가갈 수 있을까 싶기도 하지요. 유명한 사람들의 시를 읽어 보면 쉬우면서도 그 속에 깊은 함축어를 포함하고 있는 경우가 많지요. 한 편의 시를 놓고 좋고 나쁘다 평한다는 것이 때론 어려울 수도 있지만, 인간의 삶과 동떨어진 시는 여전히 사랑하기 어렵습니다.

늙은 어머니의 발톱을 깎아드리며

이승하(李昇夏 · 1960~)

작은 발을 쥐고 발톱 깎아드린다

일흔다섯 해 전에 불었던 된바람은
내 어머니의 첫 울음소리 기억하리라

이웃집에서도 들었다는 뜨거운 울음소리

이 발로 아장아장
걸음마를 한 적이 있었단 말인가

이 발로 폴짝폴짝
고무줄놀이를 한 적이 있었단 말인가

뼈마디를 덮은 살가죽
쪼글쪼글하기가 가뭄못자리 같다
굳은살이 덮인 발바닥
딱딱하기가 거북이 등 같다

발톱 깎을 힘이 없는
늙은 어머니의 발톱을 깎아드린다

가만히 계셔요 어머니
잘못하면 다쳐요

어느 날부터 말을 잃어버린 어머니
고개를 끄덕이다 내 머리카락을 만진다

나 역시 말을 잃고 가만히 있으니
한쪽 팔로 내 머리를 감싸 안는다

맞닿은 창문이
온몸 흔들며 몸부림치는 날

어머니에게 안기어
일흔다섯 해 동안의 된바람 소리 듣는다.

어머니께서 2010년 89세로 세상을 떠나셨을 때 내가 많이 울었던 것은 앞으로 더는 어머니의 손발톱을 깎아드릴 수 없다는 것이었습니다. 좁은 공간이긴 해도 17년을 함께 살면서 그런 날들이 행복했습니다. 작은형님은 어머니의 귀지를 파드렸고 나는 몫이 달랐지요. 그 하찮은 일들이 형제애를 더하고 어머니에 대한 사랑을 더했습니다. 돌이켜 생각해 보면 그 잔잔한 일상의 행복이 가장 빛나는 정(情)이었고 사랑이었다는 것이지요. 이제는 그런 사람이 내 주위에 없습니다. 아내가 있다면 모를까 누구의 손을 잡고 손톱을 깎아 주겠노라고 말할까요. 허물없이 손발톱을 깎아 줄 수 있는 사람이 내 곁에 있었으면 좋겠습니다.

시어(詩語)

말은 단순한 부호가 아니다
'하늘' 하면 저 하늘이 지닌
모든 신비를 그 말이 담고 있고
'땅' 하면 이 땅이 거느리고 있는
모든 사물을 그 말이 담고 있느니
그래서 낱말 하나하나가 소우주(小宇宙)다

말은 지시 기능만을 지닌 게 아니라
미묘한 정서 기능을 지니고 있다
'어' 해 다르고 '아' 해 다르다지 않는가
어순과 어조의 강약과 고저 장단에 따라
그 말의 감응과 감동은 전혀 달라지느니
그래서 시의 말은 걸음이 아니라 춤이요,
춤 맵시처럼 아름다운 말씨만이 되풀이된다

말과 생각과 느낌은 둘이 아니다
우리는 말로써 사물을 포착한다
그래서 언어는 존재의 집이요,
그 존재에 대한 인식의 깊이와 넓이가

그 말의 깊이와 넓이를 결정한다

시는 말의 치장술이 아니다
아무리 말이 번드레하고 교묘하더라도
그 말에 담겨진 진실이 없으면
그 말이 가슴에 와서 닿지 않으니
시의 표상(表象)도 실재(實在)가 수반되지 않으면
공감과 감동을 불러일으키지 못한다
시인이여, 그대들은 기어(綺語)의 죄를 범하여
저 무간지옥(無間地獄)에 던져질까 두려워하라!

마지막 연의 첫 줄인 "시는 말의 치장술이 아니다"를 읽을 때 숨이 막히는 것 같았습니다. 무릎을 쳤지요. 그동안 시를 그렇게 쓰려고 했었던 날이 너무 길었기 때문입니다. 시는 아름다워야 한다는 데 시간을 너무 허비했다는 자책이 컸지요. 시는 미사여구(美辭麗句)로 포장하는 것이 아니었습니다. 그것을 배운 것이 바로 이 작품을 읽으면서였다고 해도 지나치지 않네요. 흔히 일상어와 시어(詩語)는 다르다고 합니다만 일상과 삶이 배제된 시는 공허합니다. 한 편의 시를 읽으며 행복한 것은 마음에 시가 꽂히기 때문이지요. 시의 언어가 녹아 영혼의 양식이 될 때만 시는 제 몫을 다하는 것이 아닌가도 싶습니다.

아버지의 마음

김현승(金顯承 · 1913~1975)

바쁜 사람들도
굳센 사람들도
바람과 같던 사람들도
집에 돌아오면 아버지가 된다

어린것들을 위하여
난로에 불을 피우고
그네에 작은 못을 박는 아버지가 된다

저녁 바람에 문을 닫고
낙엽을 줍는 아버지가 된다

세상이 시끄러우면
줄에 앉은 참새의 마음으로
아버지는 어린것들의 앞날을 생각한다
어린것들은 아버지의 나라다-아버지의 동포다

아버지의 눈에는 눈물이 보이지 않으나
아버지가 마시는 술에는 항상
보이지 않는 눈물이 절반이다.

아버지는 가장 외로운 사람이다
아버지는 비록 영웅이 될 수도 있지만…

폭탄을 만드는 사람도
감옥을 지키던 사람도
술가게의 문을 닫는 사람도

집에 오면 아버지가 된다
아버지의 때는 항상 씻김을 받는다
어린것들이 간직한 그 깨끗한 피로….

이 시를 읽을 때면 나는 늘 아버지 생각이 납니다. 가난한 농부이
자 어부셨던 아버지는 당신의 셋째 아들이 소아마비로 걷지 못하
는 장애를 입자 아버지의 고민은 깊어져 갔습니다. 당신이 살아 있
을 때는 문제가 없지만, 그 이후는 어떻게 할 것인가. 아버지의 해
답은 금방 나왔다고 해요. 그것은 바로 남국이 앞으로 논 열 마지
기(2천 평)를 준비해 놓는 것이었지요. 하지만 7남매가 북적이는 가
난한 형편에선 그것은 현실이 아니었습니다. 아버지는 생각다 못
해 처가가 있는 안면도로 이사를 할 계획을 세웠지만, 완강히 반대
하는 어머니의 벽에 부딪혔지요. 당시 외가는 안면도에서 대농(大農)
이었고 아버지는 휴경지(休耕地)만 일궈도 꿈을 이루겠다고 생각하
셨던 것이지요. 3년 만에 어머니의 허락을 얻어 낸 아버지는 처가
근처로 이사를 하였지만, 외가의 몰락과 수해로 모든 것을 잃고 우
리 집은 5년 후 다시 고향으로 돌아오게 됐지요. 인생은 뜻대로 되
지 않습니다. 아버지는 겨우 63세의 나이로 세상을 뜨셨으니까요.
그 꿈을 이루지 못한 채!

詩

네루다(Pablo Neruda · 1904~1973)

그러니까 그 나이였어… 시가
나를 찾아왔어. 몰라, 그게 어디서 왔는지,
모르겠어, 겨울에서인지 강에서인지
언제 어떻게 왔는지 모르겠어,
아냐, 그건 목소리가 아니었고, 말도
아니었으며, 침묵도 아니었어,
하여간 어떤 길거리에서 나를 부르더군,
밤의 가지에서,
갑자기 다른 것들로부터,
격렬한 불 속에서 불렀어,
또는 혼자 돌아오는데 말야
그렇게 얼굴 없이 있는 나를
그건 건드리더군

나는 뭐라고 해야 할지 몰랐어, 내 입은
이름들을 도무지
대지 못했고,
눈은 멀었으며,
내 영혼 속에서 뭔가 시작되어 있었어,

熱이나 잃어버린 날개,

또는 내 나름대로 해 보았어,

그 불을

해독하며,

나는 어렴풋한 첫 줄을 썼어

여렴풋한, 뭔지 모를, 순전한

넌센스,

아무것도 모르는 어떤 사람의

순수한 지혜,

그리고 문득 나는 보았어

풀리고

열린

하늘을, (이하 생략)

    이 작품을 읽을 때마다 참 부럽다는 생각이 듭니다. 시는 억지로 쓰는 것이 아님을 잘 알기에 그럴까요. 좋은 시를 쓰려면 그런 삶을 살아야 한다고 아포리즘적 시를 쓰기도 했지만 시는 쓰고 싶다고 술술 써지는 것이 아닙니다. 그런데 시인에게는 시가 찾아왔군요. 부러운 일입니다. 시가 저절로 찾아오면 시인은 그냥 받아 적기만 하면 되니까요. 어떻게 생각하면 모든 시인의 꿈이 아닐까 싶기도 합니다. 그리고 시인은 늘 꿈을 꾼다지요. 백 사람이 한 번씩 읽는 시보다는 한 사람이 백 번을 읽는 독자를 갖고 싶다고. 의미 있는 표현입니다. 그렇지만 그게 어디 쉬운가 싶기도 해요. 타인의 가슴속을 파고드는 시는 시인의 노력만으로는 창작되지 않는지도 모릅니다. 어머니의 말을 받아 적었더니 절창의 시가 됐다는 어느 시인의 말이 생각나기도 하네요. 바로 〈의자〉라는 작품을 쓴 이정록 시인의 이야기입니다. 일생에서 걸러진 삶의 이야기가 시의 절창이 될 때가 많다는 것을 들어가는 나이와 함께 새삼 배우네요.

중과부적(衆寡不敵)

김사인(金思寅 · 1956~)

조카 학비 몇 푼 거드니 아이들 등록금이 빠듯하다
마을금고 이자는 이쪽 카드로 빌려 내고
이쪽은 저쪽 카드로 돌려 막는다. 막자
시골 노인들 팔순 오고 며칠 지나
관절염으로 장모 입원하신다. 다시
자동차세와 통신요금 내고
은행카드 대출할부금 막고 있는데
오래 고생하던 고모 부고 온다. 문상
마치고 막 들어서자
처남 부도나서 집 넘어갔다고
아내 운다

'젓가락은 두 자루, 펜은 한 자루… 중과부적!'

이라 적고 마치려는데,
다시 주차공간미확보 과태료 날아오고
치과 다녀온 딸아이가 이를 세 개나 빼야 한다며 울상이다
철렁하여 또 얼마냐 물으니
제가 어떻게 아느냐고 성을 낸다.

물론 그렇지 않은 경우도 많겠지만 서민들의 삶은 대부분 이렇습니다. 특별히 도회지의 삶이란 더 그런 것 같아요. 늘 이렇습니다. 여기서 빼서 저기를 막고 저기서 빼서 또 다른 곳을 막기도 하지요. 현대인은 물질에서 벗어나지 못합니다. 있는 사람은 있는 대로 없는 사람은 또 없는 대로 그런 것 같기도 해요. 노인 빈곤층이 유례가 없을 정도라는 우리나라의 현실은 그 한 단면을 말해 주고 있지요. 일반적으로 퇴직 후 30년을 더 살아야 하는 상황이 바로 오늘입니다. 수입 없이 벌어 놓은 것으로 이 세월을 병마와 함께 살아야 한다는 것은 삶이 각박해질 수밖에 없다는 뜻도 될 것 같습니다. 그러다 보니 마음의 여유를 잃고 사는 사람이 너무 많아요. 몸의 장애로 인해 생의 밑바닥을 살 수밖에 없는 상황에서는 더하지요. 시대가 좋아졌다고는 해도 삶은 여전히 팍팍하고 험난한 고해(苦海) 그 자체입니다. 그래도 삶은 이어져야 하고 그 어떤 상황에서도 생은 멈출 수 없으니까요.

남자를 위하여

문정희(文貞姬·1947~)

남자들은
딸을 낳아 아버지가 될 때
비로소 자신 속에서 으르렁거리던 짐승과
결별한다
딸의 아랫도리를 바라보며
신이 나오는 길을 알게 된다
아기가 나오는 곳이
바로 신이 나오는 곳임을 깨닫고
문득 부끄러워 얼굴 붉힌다
딸에게 뽀뽀를 하며
자신의 수염이 때로 독가시였음도 안다
남자들은
딸을 낳아 아버지가 될 때
비로소 자신 속에서 으르렁거리던 짐승과
화해한다
아름다운 어른이 된다.

한 편의 시가 인생의 단면뿐만 아니라 모든 것을 대변할 때가 있습니다. 이 시 또한 그렇군요. 남자와 딸을 통해 남자의 세계를 가장 잘 나타내고 있다 싶지요. 남자와 여자를 어떻게 몇 마디 말로 정의할 수 있겠습니까. 불가능하지요. 남자의 마음속에 똬리를 틀고 있는 성적 욕망이 때론 얼마나 무서운 무기가 되던가요. 그런 남자들도 딸을 낳아 보면 생이 달라진다는 시인의 천착(穿鑿)이 놀랍습니다. 시인은 남이 보지 못하는 것을 보는 사람이지요. 맞습니다. 정말 그렇습니다. 때로 그 혜안(慧眼)이 놀랍고 경이로울 때가 많지요. 삶의 표층뿐만 아니라 심층을 들여다보는 안목은 때로 탄성을 지르게 하기도 합니다. 그래서 시는 문학의 꽃이 되기도 하고 시라는 장르가 그렇게 문학의 가장 높은 자리를 차지하고 있는지도 모르겠어요.

벌레먹은 나뭇잎

이생진(李生珍 · 1929~)

벌레먹은 나뭇잎이 예쁘다
귀족 손바닥처럼
흉터 하나 없이 매끈한 건
어쩐지 베풀 줄 모르는
손 같아서 밉다

떡갈나뭇잎을 벌레가 뚫어서
그 구멍으로
하늘이 보이는 건 예쁘다

생채기 나서 예쁘다는 건
어쩐지 이상하지만
남을 먹여 가며
살았다는 자취는
별처럼 아름답다.

시가 아름답습니다. 이 작품을 읽으면서 다시 아버지 생각이 났어요. 아버지는 손이 거칠었습니다. 평생 일만 하셨기 때문이지요.

그런데도 평생 가난을 면하지 못했다는 사실이 때론 아이러니하기도 하네요. 일만 한다고 생활이 넉넉해지는 것이 아님을 아셨음에도 일을 손에서 놓지 않으셨던 아버지! 아버지의 삶과 생애를 생각하다 보면 어린 시절에는 그 투박한 아버지의 손이 부끄럽기도 했지만, 세월은 그 손이야말로 이 세상에서 가장 아름다운 손이었다는 것을 깨닫게 했습니다. 이파리가 지상에 떨어지면 어떤 것은 앙상한 뼈대만 남은 것이 있지요. 벌레들이 다 파먹었기 때문인데 생살을 뜯어먹히는 그 과정에서 나뭇잎은 아프지 않았을까요. 벌레에 몸을 몽땅 보시하고 나뭇잎은 지상으로 떨어집니다. 시인의 표현처럼 '남을 먹여 가며 살았다는 자취는 별처럼 아름답다'라는 마지막 연이 가슴속을 파고듭니다.

5부

남이 보지 못하는 것을 보는 사람

엄마 걱정

기형도 (奇亨度 · 1960~1989)

열무 삼십 단을 이고
시장에 간 우리 엄마
안 오시네, 해는 시든 지 오래
나는 찬밥처럼 방에 담겨
아무리 천천히 숙제를 해도
엄마 안 오시네, 배춧잎 같은 발소리 타박타박
안 들리네, 어둡고 무서워
금간 창 틈으로 고요히 빗소리
빈방에 혼자 엎드려 훌쩍거리던

아주 먼 옛날
지금도 내 눈시울을 뜨겁게 하는
그 시절, 내 유년의 윗목.

　내가 어렸을 때 어머니는 늘 밭에서 들일을 하셨습니다. 논은 많
지 않았지만, 밭이 많았던 관계로 쉴 새가 없으셨지요. 온갖 곡식
을 다 심고 가꾸는 것이 일상이었지요. 일이 그만큼 많았습니다.

어머니의 손 또한 트지 않을 때가 거의 없었지요. 썰물 때는 갯가에 나가 조개를 캐거나 겨울에는 늘 김(해태)을 찬물에 떴습니다. 동생을 나한테 맡겨 놓고 들일을 가시면 얼마 있다 동생이 울기 시작하지요. 업어 달라는 뜻입니다. 그럴 수 없는 상황에 나는 다른 방법을 찾지 못했어요. 나중에는 같이 울고 아우의 똥오줌을 치우기도 했습니다. 시의 화자처럼 어느 것을 해도 어머니가 안 오시는 겁니다. 해가 뉘엿뉘엿 서산에 기울고 서서히 어둠이 내리면 호미가 들어 있는 바구니를 머리에 이고 돌아오시곤 했지요. 어린 젖먹이 동생을 앉아서 본다는 것은 그렇게도 어렵고 힘든 일이기도 했습니다. 「엄마 걱정」을 읽을 때마다 그때 그 시절로 돌아가게 하네요.

새해의 기도

허형만(許炯萬 · 1945~　)

갓밝이에 처음으로 비치는 햇귀처럼
귀하고 소중한 사람을 만나게 하소서
알음알음 한올진 사람이든 풋낯인 사람이든
발그림자 환히 밝혀 주시고
비록 작은 입길이나 험담을 일삼는 자를 만나거나
말전주 짓 하는 자, 말재기 하는 자를 만나거든
그를 용서하고 그를 위해 기도하게 하소서
지상으로 내려와 풀꽃에 입을 맞추는 햇살처럼
처음 만나는 생명들을 귀히 여기게 하소서
뙤약볕 속에서 햇볕에 감사하고
태풍 속에서도 비바람을 받아들이는 나무처럼
어떠한 고난이 닥칠지라도 겸손하게 하소서
사람은 날지 않으면 길을 잃는 법
내가 희망하듯 뜻있는 길마다
희망으로 넘치게 하시고
자비와 평화가 내 안에 강물처럼 흐르게 하소서.

기도는 많은 뜻을 함축하고 있습니다. 오늘날에 기도는 대부분

종교적 기도를 연상하지요. 그렇기도 합니다. 맞지요. 하지만 기도는 나보다 높은 분에게 뭔가 소원을 이뤄 달라고 비는 행위를 뜻하지요. 그 옛날 할머니나 어머니가 정화수 떠 놓고 비나이다 비나이다를 반복했던 그 기도는 오늘날 기도와 무엇이 달랐을까요. 나는 전혀 다르지 않다고 생각합니다. 우리나라에는 특별히 신(神)이 많았지요. 옛날에는 곳곳에 신이 없는 곳이 없었습니다. 기도할 때도 상황에 따라 모두 그 다른 신의 이름을 부르며 기도했지요. 그랬던 기도가 기독교가 들어오면서 유일신(唯一神) 사상이 전해졌고 신들이 하나로 통합되는 역사를 이루기도 했습니다. 시인의 기도 또한 다르지 않군요. 시인도 기도하는 사람임을 다시 깨닫습니다. 기도하는 시인이 참 아름답습니다.

정월의 노래

신경림(申庚林 · 1935~2024)

눈에 덮여도
풀들은 싹트고
얼음에 깔려서도
벌레들은 숨쉰다

바람에 날리면서
아이들은 뛰놀고
진눈깨비에 눈 못 떠도
새들은 지저귄다

살얼음 속에서도
젊은이들은 사랑하고
손을 잡으면
숨결은 뜨겁다

눈에 덮여도
먼동은 터 오고
바람이 맵찰수록
숨결은 더 뜨겁다.

겨울의 한복판을 건너고 있네요. 예전 같으면 몹시 추울 때지만 시대가 변해 생활하기는 좋습니다. 서울에는 몇 년 동안 눈 다운 눈도 내리지 않았는데 이번 겨울에는 그래도 잔설일망정 몇 차례 내렸지요. 이 작품을 읽으면서 존재(存在)의 몫과 세상의 흐름을 다시 생각합니다. 그 어떤 경우에도 세상은 흘러가지요. 비록 내가 죽어 없어져도 말입니다. 전쟁의 포화 속에도 사랑은 꽃피고 일상이 유지되어야 하듯 세상의 모든 이치는 한 치의 오차도 없이 순환을 계속하지요. 신의 섭리가 아닐 수 없습니다. 그런 뜻에 순응하는 삶(順天)과 거스르는 삶(逆天)을 다시 생각해 보네요. 어떤 사람인들 삶의 희로애락(喜怒哀樂)에서 벗어날 수 있을까요. 모든 이의 생명이 존엄하듯 일상은 존귀하고 삶은 그 어떤 경우에도 이어져야 합니다. 내일은 내일의 태양이 뜨듯 잃지 않은 희망만이 올해도 삶의 좌표가 됐으면 좋겠어요. 새해를 맞는다는 것은 나이를 한 살 더 먹는다는 것 외에 세상을 더 사랑하라는 지고한 분의 지상 명령이 숨겨져 있음이 분명합니다.

오 따뜻함이여

정현종(鄭玄宗 · 1939~)

군밤 한 봉지를 사서 가방에 넣어
버스를 타고 무릎 위에 놨는데,
따뜻한 온기가 느껴진다
갓 구운 군밤의 온기— 순간
나는 마냥 행복해진다
태양과 집과 화로와
정다움과 품과 그리고
나그네 길과…
오, 모든 따뜻함이여
행복의 원천이여.

_〈오 따뜻함이여〉
「광휘의 속삭임」(문학과지성사/2008) 전문

감격(感激)이란 마음에 깊이 느껴 크게 감동함, 또는 그 감동이란 사전적 뜻이 있습니다. 느끼다, 마음을 움직이다, 고맙게 여기다 라는 뜻의 '감(感)'과 물결이 부딪쳐 흐르다 라는 뜻의 물결 부딪쳐 흐를 '격(激)'자도 생각해 보면 감동이지요. 감동이 점점 메말라 가는 시대입니다. 아주 작고 사소한 것에는 별로 감동하지 않는 시대가 아픕니다. 사건 사고가 너무 잦고 지진과 전쟁 세상엔 온갖 큰 일들이 끊임없이 밀려오다 보니 작은 것에 감격하고 감동하는 마음을 잃어버린 탓일까요. 작고 사소한 것에 감동이 많아질 때만 세상이 따뜻해집니다. 시대는 그 마음을 잃어버렸어요. 아픔이 아닐 수 없습니다. 우리는 너무 풍족한 시대에 살고 있어요. 그러다 보니 어느 것 하나 아까운 줄을 모릅니다. 가만 생각해 보면 집안에 없는 것이 없어요. 이런 시대를 살면서도 감격은 가물가물합니다. 시대 탓이라고만 할 수 있을까요. 시인은 아주 작고 소소한 일상에서 너무나 소중한 행복을 맛보고 있네요. 부럽습니다. 추운 날 시장에서 국수 한 그릇에 어묵꼬치 하나를 사서 간장 종지에 살짝 찍어 한 입 베어 물던 기억! 펄펄 끓는 국물 한 모금에 천하를 얻은 듯했던 그 잃어버린 감격을 되찾고 싶어집니다.

겨울 사랑

고정희(高靜熙 · 1948~1991)

그 한 번의 따뜻한 감촉
단 한 번의 묵묵한 이별이
몇 번의 겨울을 버티게 했습니다
사람과 사람 사이에 벽이 허물어지고
활짝 활짝 문 열리던 밤의 모닥불 사이로
마음과 마음을 헤집고
푸르게 범람하던 치자꽃 향기,
소백산 한쪽을 들어올린 포옹,
혈관 속을 서서히 운행하던 별,
그 한 번의 그윽한 기쁨
단 한 번의 이윽한 진실이
내 일생을 버티게 할지도 모릅니다.

오늘 나를 살게 하는 힘이 과연 무엇일까, 하고 생각할 때가 있습니다. 세상은 만만한 것이 아니지요. 과연 무엇이 나를 견디게 하고 날마다 새날을 맞게 할까요. 살아 있으니 그냥 사는 것은 분명코 아닐 겁니다. 이런 사람이 있을까요. 나는 없을 거라고 믿고 싶어집니다. 삶은 해야 할 일(몫~사명)이 있기에 살지요. 높으신 분께서 오늘도 나에게 생명을 허락하신 뜻은 바로 그 해야 할 일을 하라고 연장해 주시는 것이 아닐까요. 그 일은 아주 사소한 일일 수도 있고 거창한 일일 수도 있습니다. 그것은 사람마다 몫이 다르니까요. 이 혹한의 겨울 한가운데 내가 사랑하지 않으면 한 사람이 추울 수도 있습니다. 그 사람에게 사랑을 나눠 주라고 생명이 연장되고 있는 것은 아닐까요. 그런 면에서 보면 나는 죄가 참 크고 무겁습니다. 한 사람을 제대로 사랑하지 못했다는 것은 한 사람으로부터 온전한 사랑을 받지 못했다는 뜻도 되기에 기도가 절로 나오지요. 허물이 아닐 수 없습니다. 상처 지고 헐벗은 삶일지라도 누군가를 사랑하는 사랑의 불꽃만은 결단코 꺼뜨리지 말아야겠습니다. 사랑만이 새봄을 부릅니다.

파안

고재종(高在鍾 · 1959~)

마을 주막에 나가서
단돈 오천 원 내놓으니
소주 세 병에
두부찌개 한 냄비

쭈그렁 노인들 다섯이
그것 나눠 자시고
모두들 볼그족족한 얼굴로

허허허
허허허
큰 대접 받았네 그려!

    2024년도는 내가 이웃들에게 무료 교육을 시작한 지 꼭 30년이
되는 해입니다. 1990년 수술실에서 하나님께 드린 '서원기도(誓願祈
禱)'의 약속을 실천에 옮기기 시작한 것이지요. 처음에는 컴퓨터와
영어를 동시에 하다가 십여 년이 지난 후부터는 영어만 하고 있는

234 삶의 詩 詩의 삶

데 이렇게 오랫동안 교육이 이어질 줄은 상상도 못했습니다. 처음에는 대략 100명에게 교육의 혜택을 줄 예정이었지요. 예상은 보기 좋게 빗나갔고 그 출발은 내 삶 바꾼 역사의 시작이었습니다. 그동안 얼마나 많은 이웃이 거쳐 갔는지는 알지 못합니다. 돌이켜보면 지난 30년이 내 삶의 절정기였다는 생각도 듭니다. 인생에서 가장 소중한 시간을 썼으니까요. 그 보답은 바로 '행복'이었고 〈파안〉이었습니다. 물질이 없으니, 시간을 쓴 것이긴 해도 누군가에게 시간을 쓴다는 것은 참으로 소중한 것임을 배웠지요. 생명을 사용한 것이기 때문일까요. 현실을 아파하거나 절망할 짬 같은 것은 없었습니다. 날마다 행복의 나라로 가려는 것이 아니라 이미 그 나라에 와 있었으니까요. 어떤 형태든 타인의 삶에 도움을 준다는 것은 오늘 내가 살아 있는 유일한 이유일지도 모릅니다. 그렇게 지난 30년을 보냈네요. 감사한 일입니다.

답

이바라기 노리코(茨木のり子 · 1926~2006)

할머니
할머니
할머니는 이제껏
언제가 제일 행복했어?

열네 살의 어느 날
나는 문득 물었다
할머니가 참말로 쓸쓸해 보이던 날

지나온 세월을 이리저리 더듬으며
천천히 생각하실 줄 알았는데
할머니는 의외로 단번에 대답하셨다
"아이들을 화로에 둘러앉혀 놓고
떡을 구워 줬을 때."

눈보라치는 저녁
눈의 마녀가 나타날 것 같던 밤
어스름한 램프 밑에 대여섯 명
화로 앞에 다닥다닥 붙어 앉아 있었다

아이들 사이에 우리 엄마도 있었으리라

아주 오랫동안 준비해 온 것처럼
물어봐 주기를 기다렸던 것처럼
너무도 구체적이고
빠른 대답에 놀랐다
그날 이후 오십 년
사람들은 모두
감쪽같이 사라지고

내 맘속에서만
때때로 종알대는
소박한 단란
꿈같은 대보름 축제

그 시절 할머니 나이를 훌쩍 넘긴
지금에서야 절절히 음미한다
그 말 한마디 안에 담겨 있던
구운 떡처럼 은근하게 짭조름한 맛을.

　행복했던 때가 언제였던가요. 생각해 보면 행복의 정의를 위해 역사의 위인들은 끊임없이 해답을 찾으려 했지요. '행복론'은 모두 그렇게 탄생했습니다. 하지만 그 모든 정의가 인류에게 딱 맞는 해답은 될 수 없다는 사실이 바로 난해성이라 하지 않을 수 없네요.

플라톤은 "남을 행복하게 할 수 있는 자만이 또한 행복을 얻는다."라고 했고 L. 다빈치는 "잘 지낸 하루가 행복한 잠을 이루게 하는 것처럼 잘 보낸 일생은 행복한 죽음을 가져온다."라고 했으며 톨스토이는 〈독서의 수레바퀴〉라는 글에서 "가장 큰 행복은 한 해의 마지막에서 지난해의 처음보다 훨씬 나아진 자신을 느끼는 것이다."라고 했지요. 세상에는 수많은 정의가 있고 나름의 어록(語錄)이 있지만 그 모두가 나에게 딱 맞는 것은 아닙니다. 하나만 붙들어도 괜찮겠다 싶은 정도지요. 개인적으로는 아주 소소한 것에 행복했던 순간들이 참 많았다 싶습니다. 34세 때 어머니 앞에서 처음 섰던 기억과 수술 후 어머니와 보낸 17년의 세월이 행복했고 오늘 문인으로 교육 봉사자로 살면서 신앙의 종착지를 찾은 것도 행복의 덩어리임에 감사합니다.

그 겨울밤

안도현(安度眩 · 1961~)

한숨 자고
고구마 하나 깎아 먹고

한숨 자고
무 하나 더 깎아먹고

더 먹을 게 없어지면
겨울밤은 하얗게 깊었지.

　내 어린 날의 기억 속 겨울밤은 길고 길었습니다. 그 시절에는 눈
이 많이 왔었고 바람이 불면 마루까지 눈발에 점령당하기 일쑤였
지요. 우리 집은 매년 겨울 김(海苔)했었기에 아침 일찍 아버지는 바
다로 김을 뜨러 가셨고 아침을 먹고 나면 식구들은 아버지가 뜬
어 온 김을 뜰 준비를 했지요. 큰 통에 찬물(미지근한 물도 안 됨)을 받고
김을 뜰 발장과 기타 여러 가지 준비물을 챙깁니다. 지금도 생각하
면 그 추운 날 썰물인 바닷가에서 맨손에 가위로 댓살에 붙어 자란
김을 한 움큼씩 잘랐으니 그 채취하는 손이 얼마나 시려웠을까 싶

지요. 그 생각을 하면 지금도 가슴이 먹먹해집니다. 김이 도착하면 우선 민물에 빨아 깨끗이 씻어 낸 다음 발장 위에 한 장씩 떠 건장에 꼬챙이로 꽂아 햇빛에 말렸지요. 김은 태양 빛에 말릴 때가 제일 맛이 좋습니다. 다 마른 김을 걷어다 주면 발장에서 떼어 내는 일은 내 몫이었지요. (추석 무렵부터 치기 시작한 발장 또한 내 몫이었음) 저녁이면 식구들이 모여 김을 백 장씩 세어 묶었는데 그것을 한 톳이라고 불렀습니다. 열 톳은 한 동이고요. 그 후엔 찐 고구마와 큰 바탱이에서 꺼내 온 무를 먹고 국물을 마셨는데 그 시원함은 지금도 잊지 못합니다.

겨울의 끝

오세영(吳世榮 · 1942~)

매운 고춧가루와 쓰린 소금과 달콤한
생강즙에 버물려
김장독에 갈무리된
순하디 순한 한국의 토종 배추
양념도 양념이지만
적당히 묵혀야 제 맛이 든다
맵지만도 않고 짜지만도 않고
쓰고 매운맛을, 달고 신맛을
한 가지로 어우르는 그 진 맛
이제 한 60년 되었으니
제 맛이 들었을까,
사계절이라 하지만 세상이란 본디
언제나 추운 겨울
인생은 땅에 묻힌 김칫독일지도 모른다
어느 날인가
그분이 독을 여는 그때를 위해
잘 익어 있어야 할 그 김치.

김장은 월동 준비의 꽃이었습니다. 김장을 해야만 진정한 겨울의 시작이었지요. 겨우내 식구들이 한입(口)에 먹을 김장을 준비하는 것은 해마다 가장 큰 행사였고 행복이었습니다. 김장이 어머니의 몫이었다면 장작은 아버지의 몫이었지요. 짬이 날 때마다 장작을 패서 차곡차곡 쌓아 두면 쳐다만 봐도 그렇게 든든했던 기억이 납니다. 아무리 추워도 굴뚝에서 모락모락 피어오르는 연기는 혹한의 추위를 녹였고 얼어붙은 마음을 녹였지요. 김장은 정성의 손맛으로 익어 갔고 그 집안을 대표하는 음식이었습니다. 김장이 맛있으면 이웃들이 그 맛을 보기 위해 찾아왔고 어머니는 아끼면서도 서슴없이 꺼내와 찐 고구마와 함께 맛을 봤지요. 김칫독에서 익어 갔던 김장처럼 나는 과연 그렇게 익었을까 싶네요. 이제 겨울의 끝자락에서 돌이켜 보니 부끄러움이 앞섭니다. '세상은 언제나 추운 겨울'이라는 시인의 노래가 예사롭지 않습니다. 어느 날 겨울이 끝났을 때 찾아오실 그분을 어떻게 맞을 것인가 2월의 끝자락에 주어진 내 인생의 숙제입니다.

가슴 뭉클하게 살아야 한다

양광모(1963~)

어제 걷던 거리를
오늘 다시 걷더라도
어제 만난 사람을
오늘 다시 만나더라도
어제 겪은 슬픔이
오늘 다시 찾아오더라도
가슴 뭉클하게 살아야 한다

식은 커피를 마시거나
딱딱하게 굳은 찬밥을 먹을 때,
살아온 일이 초라하거나
살아갈 일이 쓸쓸하게 느껴질 때,
진부한 사랑에 빠졌거나
그보다 더 진부한 이별이 찾아왔을 때,
가슴 더욱 뭉클하게 살아야 한다

아침에 눈 떠
밤에 눈 감을 때까지
바람에 꽃 피어
바람에 낙엽 질 때까지

마지막 눈발 흩날릴 때까지
마지막 숨결 멈출 때까지
살아 있어 살아 있을 때까지
가슴 뭉클하게 살아야 한다

살아 있다면
가슴 뭉클하게
살아 있다면
가슴 터지게 살아야 한다.

새달 새 아침! 시를 읽으며 새 힘을 얻습니다. 3월이네요. 지층을 뚫고 분출하는 생명의 소리를 듣습니다. 나무에 오르는 수액이 물결을 이루고 세상은 환희로 태어나는 달. 3월은 죽었던 대지를 깨우는 생명의 달입니다. 이어령은 '소리'의 달이라고 표현했고 전혜린은 '취기'의 달이라고 했지요. 3월은 함성의 달, 행군의 달입니다. 겨울잠을 깨는 대지의 함성이 그 어떤 포효보다 더 큰 소리로 천지를 뒤흔들지요. 그리고 3월은 희망의 달이며 소망의 달이기도 하지요. 닫혔던 창문을 열고 새봄의 환희를 집안으로 들여야겠습니다. 문틈을 봉하고 겨우내 움츠렸던 삭신에 새살을 돋우며 다짐합니다. 가장 뜨거운 마음으로 살아야 할 3월. 매년 3월이 되면 불꽃처럼 살다 간 한 여인이 떠오르고 그의 책 「그리고 아무말도 하지 않았다」가 생각나지요. 더욱 가슴 뭉클하게 살아야겠습니다. 3월을 영어로는 March라고 하지요. '행진, 행군하다'라는 뜻입니다. 내 삶의 행군을 새롭게 시작합니다.

사랑 1

김남주(金南柱 · 1946~1994)

사랑만이
겨울을 이기고
봄을 기다릴 줄 안다

사랑만이
불모의 땅을 파헤쳐
제 뼈를 갈아 재로 뿌릴 줄 안다

천년을 두고 오늘
봄의 언덕에
한 그루의 나무를 심을 줄 안다

그리고 가실을 끝낸 들에서
사랑만이
인간의 사랑만이
사과 하나 둘로 쪼개
나눠 가질 줄 안다.

---

* 가실: 가을, 추수.

곧 이른 봄꽃들이 하나둘 기지개를 켜겠지요. 만물이 소생하는 봄은 그래서 환희와 생명의 계절이지요. 죽었던 대지가 다시 살아나는 부활의 계절이 바로 봄입니다. 지층을 뚫고 분출하는 생명의 소리가 들립니다. 나무에 수액이 오르는 소리가 천지를 진동하는 것 같네요. 생명의 소리입니다. 가만히 있어도 생명의 약동을 느낄 수 있는 계절이 바로 봄입니다. 새로 태어나는 환희! 세상 무엇에 비교할 수 있을까요. 봄을 알고 느끼고 노래하는 당신 또한 참으로 아름다운 사람입니다. 겨울을 이긴 시인의 노래가 아니더라도 봄을 가슴으로 안아 사랑을 꽃피우는 당신이 바로 시인입니다. 잘 보낸 겨울이 생명의 봄을 불러오듯 잘 살은 당신의 봄이 찬란합니다. 씨앗 하나 땅에 심은 당신이 아름다운 것은 생명의 소중함을 아는 탓입니다. 세상의 구원자가 누구일까요. 바로 이 계절 사랑을 심는 자겠지요. 생명을 위한 당신의 헌신만이 이 지상의 꽃이 될 수 있습니다. 오늘 나의 노래가 그리고 언행이 지상에 나무 한 그루 심는 그것이면 좋겠습니다.

나무 1 – 지리산에서

신경림(申庚林 · 1935~2024)

나무를 길러 본 사람만이 안다
반듯하게 잘 자란 나무는
제대로 열매를 맺지 못한다는 것을
너무 잘나고 큰 나무는
제 치레하느라 오히려
좋은 열매를 갖지 못한다는 것을
한 군데쯤 부러졌거나 가지를 친 나무에
또는 못나고 볼품없이 자란 나무에
보다 실하고
단단한 열매가 맺힌다는 것을

나무를 길러 본 사람만이 안다
우쭐대며 웃자란 나무는
이웃 나무가 자라는 것을 가로막는다는 것을
햇빛과 바람을 독차지해서
동무 나무가 꽃 피고 열매 맺는 것을
훼방한다는 것을
그래서 뽑거나
베어 버릴 수밖에 없다는 것을

사람이 사는 일이 어찌 꼭 이와 같을까만.

'세상의 무엇이 가장 아름답더냐?' 지상 소풍을 끝내고 천상의 문턱에 도착하면 문지기 베드로의 질문을 받는다고 합니다. 칠십에 가까운 나이를 살면서 터득한 답은 그렇게 어렵지 않습니다. 아기에게 젖을 물리고 있는 어머니의 모습을 잊지 못합니다. 세월이 흘러 지금은 공공장소에서조차 볼 수 없는 모습이지만 그 전경만은 한껏 그릴 수 있네요. 첫째로 꼽고 싶습니다. 나머지는 지상에 나무와 꽃이 있다는 것입니다. 그중에서도 나무는 비교할 수 없는 존재 가치와 품격을 지녔지요. 나무처럼 아름다운 것은 없습니다. 나무처럼 인간에게 아낌없이 주는 것 또한 없지요. 나무는 존재로 자신을 증명하지만 다투지 않습니다. 비교하지도 않지요. 나는 그것이 제일 좋습니다. 헤세는 「데미안」에서 "나무는 죽지 않고 봄을 기다린다."라고 했고 〈방랑(放浪)〉이란 글에서는 "굳건하게 서 있는 나무만큼 신성하고 모범적인 것은 없다. 나는 나무를 존경한다."라고 했지요. 이양하는 〈나무〉에서 "나무는 덕을 지녔다."라고 했으며 J. 킬머는 〈나무들〉이라는 작품에서 "온종일 하나님을 보며 잎이 무성한 팔을 들어 기도하는 나무"라고 했지요. I. 칸트는 〈宗教哲學〉에서 "인간은 원래 굽은 나무다."라는 어록이 보입니다. 인간성의 근본악을 말하는 것일 테지만 '우쭐대며 웃자란 나무는' 되지 말아야지 다짐해 봅니다.

노을 묻은 산수유 잎새 바람에 지듯

홍윤숙(洪允淑 · 1925~2015)

날마다 조금씩
마음이 아픈 것은
아픈 마음 감싸안을
몸이 아직 있기 때문이다

어느 날 부서진 몸
더는 마음 감당할 수 없을 때
몸은 마음의 손을 놓고
자유로이 하늘로 떠나보내고
홀로 땅에 남아 흙으로 간다

하늘과 땅 사이 무한 공간에서
별과 꽃이 서로 그리듯
마음과 몸이 아득히 손 흔들며
이별하는 날이 미구에 오겠지만
그날이 언제 어떻게 올지 알 수 없기에
조금씩 근심하며 기다린다

노을 묻은 산수유 잎새

바람에 지듯
그렇게 무음무색(無音無色)으로
세계의 저편으로 사라지고 싶다.

　주변에 아픈 분들이 많습니다. 불과 몇 십 년 만에 길어진 수명
탓일까요. 아니면 백세시대의 자화상이라고 할까요. 노인은 하루
가 다릅니다. 밤새 안녕이라는 말이 실감이 나지요. 어제까지 건강
했지만, 하루 만에 그 모든 것을 놓을 수 있는 주인공이 바로 노인
입니다. 어떻게 생각하면 늙음이 그만큼 무서운 것이기도 하지요.
예측 불가능한 경우 또한 허다합니다. 시인은 봄꽃을 통해 당신의
죽음을 위해 기도하네요. 어떤 경우라도 죽음은 삶을 중단시키는
폭력입니다. 그럼에도 그 폭력을 받아들이는군요. 죽음은 항상 너
무 이른 것인가 싶기도 합니다. 하지만 죽음을 예비하는 당신은 참
멋진 분임이 틀림없지요. 죽음을 예비하는 시인의 경지가 예사롭
지 않습니다. 무음무색(無音無色)은 아무나 이를 수 있는 단계가 아니
지요. 경이롭기까지 합니다. 삶의 성찰이 얼마나 깊으면 여기까지
도달할 수 있을까 싶지요. 닮고 싶고 배우고 싶어집니다. 아름다운
순명(順命)을 준비한 노시인의 담론이 가슴을 파고듭니다.

그대에게 가고 싶다

안도현(安度眩·1961~)

해 뜨는 아침에는
나도 맑은 사람이 되어
그대에게 가고 싶다
그대 보고 싶은 마음 때문에
밤새 퍼부어 대던 눈발이 그치고
오늘은 하늘도 맨 처음인 듯 열리는 날
나도 금방 헹구어 낸 햇살이 되어
그대에게 가고 싶다
그대 창가에 오랜만에 볕이 들거든
긴 밤 어둠 속에서 캄캄하게 띄워 보낸
내 그리움으로 여겨다오
사랑에 빠진 사람보다 더 행복한 사람은
그리움 하나로 무장무장
가슴이 타는 사람 아니냐

진정 내가 그대를 생각하는 만큼
새날이 밝아 오고
진정 내가 그대에게 가까이 다가가는 만큼
이 세상이 아름다워질 수 있다면

그리하여 마침내 그대와 내가
하나 되어 우리라고 이름 부를 수 있는
그날이 온다면
봄이 올 때까지는 저 들에 쌓인 눈이
우리를 덮어 줄 따뜻한 이불이라는 것도
나는 잊지 않으리

사랑이란
또 다른 길을 찾아 두리번거리지 않고
그리고 혼자서는 가지 않는 것
지치고 상처입고 구멍난 삶을 데리고
그대에게 가고 싶다
우리가 함께 만들어야 할 신천지
우리가 더불어 세워야 할 나라
사시사철 푸른 풀밭으로 불러다오
나도 한 마리 튼튼하고 착한 양이 되어
그대에게 가고 싶다.

　가고 싶은 곳이 있고, 만날 수 있는 사람이 있나요? 그렇다면 당신은 행복한 사람입니다. 축복 속에 사는 사람이지요. 갈 곳이 없고 '그대'가 없는 사람은 마음을 열지 못한 사람이지요. 3월을 보내며 당신의 '그대'가 누구인지 궁금해집니다.

화신(花信)

홍사성(1951~)

무금선원 뜰 앞 늙은 느티나무가
올해도 새순 피워 편지를 보내왔다
내용인즉 별것은 없고
세월 밖에서는
태어나 늙고 병들어 죽는 것이
말만 다를 뿐 같은 것이라는 말씀
그러니 가슴에 맺힌
결석(結石) 같은 것은 다 버리고
꽃도 보고 바람 소리도 들으며
쉬엄쉬엄 쉬면서 살아가란다.

_〈화신(花信)〉
「내년에 사는 法」(책만드는집/(2011) 전문

　처음 이 시를 읽었을 때 평생 너무 바쁘게 살아온 것은 아닌가 싶었습니다. 바쁨은 여유를 빼앗아 가지요. 삶에 여유가 없다는 것, 어찌 생각해 보면 그만큼 삶의 내면을 즐기지 못했다는 뜻도 되겠지요. 잃어버린 내 삶의 여유를 찾고 싶었습니다. 그것이 과연 무엇일지 그 실체가 궁금해지기도 했습니다. 반성을 많이 했어요. 삶의 속도를 조금은 늦춰야겠다고 다짐했지요. 나이가 들어갑니다. 문태준 시인이 짚어 준 것처럼 시인은 늙어 쇠약해지고 기운 없어지는 것조차 은근히 기쁘게 받아들이고 몸에는 병 없기를 바라지 말며, 끝이 없는 시간을 살 듯이 거만하게 처신하지 말라는 것. 시절의 흐름에 순응하며, 자연에 조언을 구하고 자기 삶의 속도를 늦추어 살라는 뜻이 담겼네요. 오늘을 사는 현대인들에게 그게 과연 가능한가 싶기도 하지만, 잃어버린 삶의 여유만큼은 꼭 되찾고 싶어집니다. 한 송이 꽃에서 읽어 낸 시인의 내공이 깊습니다.

나무

고진하(高鎭河 · 1953~)

나무는 길을 잃은 적이 없다
허공으로 뻗어 가는
잎사귀마다 빛나는 길눈을 보라.

나무는 허공 속의 순례자입니다. 하늘에 길이 있다고 하지요. 하늘을 향해 얼굴을 쳐든 나무가 왜 제 갈 길을 모를까요. 찾아가지요. 흔들림 없이 찾아갑니다. 그 길이 경이로워요. 나무가 찾아가는 그 순례의 길에 동참하고 싶어집니다. 생각하면 평생 길을 잃고 살아온 것 같기도 해요. 너무 많은 세월 길을 찾지 못하고 살았습니다. 길눈이 그만큼 어두웠다는 뜻일까요. 맞습니다. 신앙의 본질을 찾지 못했고 세상을 읽지 못해 삶의 좌표 또한 오랜 시간 표류했습니다. 나무만도 못한 삶이었지요. 허공으로 뻗어 가는 나무조차 길을 잃은 적이 없는데 나는 그렇게 살지 못했습니다. 생각하면 부끄러운 치부가 아닐 수 없네요. 생의 좌표가 없다는 것은 결국 표류할 수밖에 없지요. 인생이 흔들리며 피는 꽃이라 해도 닻을 잃은 삶은 상상할 수 없습니다.

어머니

서정홍^(1958~)

어머니는
연속극 보다가도 울고
뉴스를 듣다가도 울고
책을 읽다가도 울고

가끔 말 안 듣고
속을 태우는
형과 나 때문에 울고

자주 술 마시고
큰소리치는
아버지 때문에 울고

어머니는
어머니 때문에 울지 않고
다른 사람들 때문에 웁니다.

어머니의 눈물은 세상을 품었기에 흐릅니다. 이 작품을 읽으면서 어려운 것도 없는 아주 쉬운 작품인데 숨은 뜻은 하늘만큼 높고 땅만큼 넓네요. 마지막 연이 가히 절창입니다. 맞아요. 어머니의 눈물 속엔 세상을 안고 사는 가장 넓은 품이 있습니다. 때론 젖 품이기도 하고 인간애의 모든 것이 담겨 있지요. 어머니는 조건 때문에 울지 않습니다. 연민의 정 때문에 울고 사랑하기 때문에 웁니다. 울면서 가슴에 쌓인 한과 독은 눈물과 함께 씻겨 나가고 더 맑은 눈으로 세상을 바라보게 되지요. 정화된 마음밭엔 늘 새롭고 신선한 사랑이 자랍니다. 하지만 마지막 연처럼 어머니는 자신 때문에 울지 않고 다른 사람들 때문에 울지요. 세상은 어머니의 사랑으로 인해 유지되고 살 만한 곳이 됩니다. 세상의 모든 어머니는 그래서 위대합니다.

천 조각

이준관(李準冠 · 1949~   )

어머니는 내 옷을 만들고 남은 천 조각을
반짇고리에 모아 두었습니다

내가 칼로 손가락을 베었을 때
칭칭 동여매 주던 천 조각
그 천 조각에 불빛처럼 빨갛게 번지던
따뜻한 인간의 피

아버지 무릎이 닳고 헤졌을 때
어머니는 천 조각을 대고 무릎을 기워 주었지요
어머니 무릎처럼 다정하게

잔병치레로 골골거리는 나 같은
자투리 천 조각들을 꿰매고 잇대어서
어머니는
저녁 밥상을 덮을 아름다운 밥상보를 만들었지요

지금도 어디
그 천 조각 없을까요?

사람과 사람을 따스하게 이어 주는
반짇고리 속에 아껴 모아 두고 싶은.

옛날 시골집, 우리 집 방안 시렁 위엔 언제나 어머니의 반짇고리가 있었습니다. 비나 눈이 오는 날엔 반짇고리가 방바닥에 내려지는 날이기도 했지요. 그 안에는 바늘과 실은 물론 가위, 골무, 옷핀은 물론 실패와 검은색 고무줄 또 이런저런 천 조각이 있었습니다. 가사(家事)와 들일로 바쁜 어머니는 비가 오는 날이야 식구들의 떨어진 양말을 깁거나 닳아서 해진 옷을 손질하셨지요. 옷을 기워 입는 것이 부끄러운 일이 아니었던 시대의 이야기입니다. 반짇고리는 헤진 옷만 깁는데 사용하지 않았지요. 아버지의 광목옷이 더러워지면 뜯어서 빨아 풀을 먹여 다듬이질로 주름을 편 후 마지막으로 다림질한 후 꿰매야 하는 지난한 여정이기도 했지요. 옷을 다릴 때마다 어머니는 나를 불렀고 한쪽을 붙들어 달라고 하셨습니다. 나무 손잡이가 달린 다리미였고 그 안에는 아궁이에서 갓 담아온 빨갛다 못해 검붉은 숯이 벌건 민낯을 드러내고 있었지요. 그 옷을 다시 꿰매 맞출 때 저고리 깃 위에 조붓하게 덧대는 흰 헝겊 오리인 동정을 다는 것으로 끝낼 때까지 반짇고리는 어머니 곁에 있었습니다.

5월

오세영(吳世榮 · 1942~)

어떻게 하라는 말씀입니까
부신 초록으로 두 눈 머는데
진한 향기로 숨 막히는데
마약처럼 황홀하게 타오르는 육신을 붙들고 나는
어떻게 하라는 말씀입니까
아아, 살아 있는 것도 죄스러운
푸르디 푸른 이 봄날,
그리움에 지친 장미는 끝내
가시를 품었습니다
먼 하늘가에 서서 당신은
자꾸만 손짓을 하고.

이양하의 〈신록예찬〉과 민태원의 〈청춘예찬〉이 떠오르는 계절!
피천득은 〈오월〉에서 "오월은 금방 찬물로 세수를 한 스물한 살 청
신한 얼굴이다."라고 했지요. 정비석은 〈청춘산맥〉에서 "5월! 오월
은 푸른 하늘만 우러러보아도 가슴이 울렁거리는 희망의 계절이다.
오월은 피어나는 장미꽃만 바라보아도 이성이 왈칵 그리워지는 사

랑의 계절이기도 하다. 바다같이 넓고 푸른 하늘을 가만히 바라보고 있으면 어디선가 구성진 흥어리 타령이 들려올 것만 같고 신록으로 성장한 대지에도 고요히 귀를 기울이고 있으면 아득한 숲속에서 아름다운 희망의 노래가 들려올 듯도 싶다. 하늘에 환희가 넘치고 땅에는 푸른 정기가 새로운 오월! 오월에 부르는 노래는 그것이 아무리 슬픈 노래라도 사랑의 노래와 희망의 노래가 아니어서는 안 될 것이다. 오월에 꾸는 꿈은 그것이 아무리 고달픈 꿈이라도 사랑의 꿈이 아니어서는 안 될 것이다." 이어령은 「차 한잔의 사상」에서 "5월은 잎의 달이다. 따라서 태양의 달이다. 5월을 사랑하는 사람은 생명도 사랑한다. 절망하거나 체념하지 않는다. 권태로운 사랑 속에서도, 가난하고 담담한 살림 속에서도 우유와 같은 맑은 5월의 공기를 호흡하는 사람들은 건강한 희열을 맛본다." 노천명은 "5월은 계절의 여왕"이라 했고 시인 H. 하이네는 〈아름다운 시절 五月에〉라는 작품에서 "온갖 싹이 돋아나는 아름다운 시절 오월에 내 가슴속에서도 사랑은 눈을 떴소. 온갖 새가 노래하는 사랑하는 시절 오월에 사랑을 참다못해 임께 나는 하소했소."라고 했지요.

오월의 노래(May Song)

요한 볼프강 폰 괴테(Goethe · 1749~1832)

오오 눈부시다
자연의 빛

해는 빛나고
들은 웃는다

나뭇가지마다 꽃은 피어나고
떨기 속에서는
새의 지저귐

넘쳐 터지는
이 가슴의 기쁨
대지여 태양이여 행복이여 환희여!

사랑이여 사랑이여!

저 산과 산에 걸린
아침 구름과 같은 금빛 아름다움

그 크나큰 은혜는
신선한 들에
꽃 위에 그리고
한가로운 땅에 넘친다

소녀여 소녀여
나는 너를 사랑한다
오오 반짝이는 네 눈동자
나는 너를 사랑한다

종달새가 노래와
산들바람을 사랑하고
아침에 핀 꽃이
향긋한 공기를 사랑하듯이

뜨거운 피 가슴치나니
나는 너를 사랑한다

너는 내게 청춘과
기쁨과 용기를 부어라
새로운 노래로
그리고 춤으로 나를 몰고 가나니
그대여 영원히 행복하여라
나를 향한 사랑과 더불어.

「젊은 베르테르의 슬픔」, 「파우스트」 등으로 유명한 괴테는 독일 태생으로 고전파의 대표입니다. '세계 3대 문호' 중 한 사람으로 세계 문학사의 거인이지요. 그는 작가이자 철학자요 과학자로 살았습니다. 인간의 한계를 넘어서는 높은 경지의 예지를 터득했다고 하지요. 삶 · 사랑 · 사색의 신비가 정제되어 드러나는 서정시를 남기기도 했습니다. 대표작으로는 「젊은 베르테르의 슬픔」, 「파우스트」, 「빌헬름 마이스터의 편력 시대」 등이 있습니다. 그중에서 「파우스트(Faust)」는 인간의 본성과 삶의 원형을 가장 적나라하게 보여주는 작품입니다. 그가 생을 마감하기 직전에야 완성했다고 하지요. 평생에 걸쳐 쓴 대서사시라고 할 수 있습니다. 알베르트 아인슈타인은 그를 일러 "괴테는 인류사의 독보적인 시인이다."라고 했습니다. 그는 죽을 때 "더 많은 빛을(Mehr Licht)." 하고 말했다고 전합니다.

가족

용혜원(龍惠園·1952~)

하늘 아래
행복한 곳은
나의 사랑 나의 아이들이 있는 곳입니다

한 가슴에 안고
온 천지를 돌며 춤추어도 좋을
나의 아이들

이토록 살아 보아도
살기 어려운 세상을
평생을 이루어야 할 꿈이라도 깨어
사랑을 주겠습니다

어설픈 애비의 모습이 싫어
커다란 목소리로 말하지만
애정의 목소리를 더 잘 듣는 것을

가족을 위하여
목숨을 뿌리더라도

고통을 웃음으로 답하며
꿋꿋이 서 있는 아버지의
건강한 모습을 보이겠습니다.

　가족은 함께 살아가는 둥지입니다. 가족이란 말처럼 따뜻한 어감의 말이 또 있을까요. 식구라는 말이 있긴 하지만 부부를 중심으로 한집안을 이루는 사람들을 뜻하는 가족(家族)이란 말은 정말로 정겹습니다. 나도 그렇게 한 둥지에서 부모님과 칠 남매가 함께 어린 시절을 보냈지요. 독일의 문호 괴테는 "가장(家長)이 확고하게 지배하는 가족 속에는 다른 곳에서 찾아보기 힘든 평화가 깃든다."라고 했고 이어령은 「茶 한 잔의 思想」이란 책에서 "삭막한 세상에 '가족적'이란 말처럼 정겨운 것이 없다. 타인들끼리만 형이요, 아우요, 어머니요, 아들이라면 그보다 더 따뜻하고 아름다운 일이 어디 있겠는가? 잘못이 있어도, 서운한 일이 있어도, 한 울타리 안에서 한 핏줄기를 나눈 가족끼리는 모든 것이 애정의 이름으로 용서된다. 즐거운 일이 있으면 같이 즐기고 슬픈 일이 있으면 같이 슬픔을 나누는 것이 가족의 모럴이다."라고 했지요. 맞습니다. 희로애락(喜怒哀樂)을 함께할 가족이 있다는 것은 지상 최대의 행복이 아닐 수 없지요.

좋은 날

천양희(千良姬 · 1942~)

작은 꽃이 언제 다른 꽃이 크다고 다투어 피겠습니까
새들이 언제 허공에 길 있다고 발자국 남기겠습니까
바람이 언제 정처 없다고 머물겠습니까
강물이 언제 바쁘다고 거슬러 오르겠습니까
벼들이 언제 익었다고 고개 숙이지 않겠습니까

아이들이 해 지는 줄 모르고 팽이를 돌리고 있습니다
햇살이 아이들 어깨에 머물러 있습니다
무진장 좋은 날입니다.

날마다 좋은 날로 살았으면 좋겠습니다. 우선 건강했으면 좋겠고 날로 감사가 더하는 날이면 좋겠습니다. 풍요까지는 아니더라도 꾸러 가지 않을 정도의 가난도 감사합니다. 하루가 다르게 푸름을 더해 가네요. 아름다운 계절입니다. 계절의 여왕이라고 하지요. 나무와 꽃이, 공중의 새와 바다의 물고기가 다르다고 서로 다투지 않습니다. 다름을 인정하는 그 멋들어짐을 닮고 싶지요. 사람이 따라가지 못합니다. 욕망의 불덩어리인 인간은 다름을 틀렸다고 하는 사람이 있습니다. 아닙니다. 다름은 절대 틀린 것이 아니지요. 다만 다를 뿐입니다. 그 어떤 경우에도 존재는 그대로 존중받아야 합니다. 그것이 허물어지면 풍비박산 난 집안처럼 세상은 허물어지겠지요. 하나님이 창조한 만물은 그래서 아름답고 그대로 존중받아야 합니다. 본래 그 모습이 아름다운 것은 신의 창조물이기 때문이지요. 날마다 좋은 날은 바로 오늘 내가 만들어 가야 하는 일생일대의 과제이기도 합니다.

6부

대지여 태양이여 행복이여 환희여!

담쟁이

도종환(都鍾煥 · 1954~)

저것은 벽

어쩔 수 없는 벽이라고 우리가 느낄 때

그때

담쟁이는 말없이 그 벽을 오른다

물 한방울 없고 씨앗 한 톨 살아남을 수 없는

저것은 절망의 벽이라고 말할 때

담쟁이는 서두르지 않고 앞으로 나아간다

한 뼘이라도 꼭 여럿이 함께 손을 잡고 올라간다

푸르게 절망을 다 덮을 때까지

바로 그 절망을 잡고 놓지 않는다

저것은 넘을 수 없는 벽이라고 고개를 떨구고 있을 때

담쟁이잎 하나는 담쟁이잎 수천 개를 이끌고

결국 그 벽을 넘는다.

삶은 벽(壁)의 연속입니다. 벽이 없는 삶은 존재하지 않지요. 개인 차는 있지만 상처 없는 영혼이 없듯 벽 없는 삶 또한 없습니다. 일 반적으로 벽은 극복하기 어려운 한계나 장애를 뜻하기도 하지만 나라나 사람 사이의 관계나 교류의 단절을 의미하기도 합니다. '벽을 쌓다.'라는 말은 서로 사귀던 관계를 끊는다는 뜻이지요. 또한 무엇을 지나치게 즐기는 병인 벽(癖)도 있습니다. 방랑벽이나 고치기 어려울 정도로 굳어진 버릇을 의미하는 도벽(盜癖)도 있지요. 나는 개인적으로 「벽」 하면 사르트르를 철학가가 아닌 문학가의 반열에 올려놓은 작품으로 기억합니다. 「벽」은 「구토」와 더불어 그를 치열한 자기 삶의 글쓰기로 각인시킨 작품이라고 하지요. 내 삶의 벽은 당연히 장애(障礙)였습니다. 자신뿐만 아니라 그 누구도 나를 그렇게 생각하지요. 맞습니다. 하지만 그 벽이 나를 넘어뜨리진 못했다고 생각해요. 온통 절망의 벽뿐이었으나 담쟁이처럼 묵묵히 평생을 오르고 있는 것 같네요. 불꽃처럼 화려하지 않아도 과정이 순탄하지 않아도 움켜쥔 손끝을 놓진 않았던 세월이었습니다. 생각해 보면 그 세월이 감사하기도 하네요.

섬 묘지(외 2편)

이생진(李生珍 · 1929~　)

살아서 무더웠던 사람
죽어서 시원하라고
산 꼭대기에 묻었다

살아서 술 좋아하던 사람
죽어서 바다에 취하라고
섬 꼭대기에 묻었다

살아서 가난했던 사람
죽어서 실컷 먹으라고
보리밭에 묻었다

살아서 그리웠던 사람
죽어서 찾아가라고
짚신 두 짝 놔 두었다.

설교하는 바다

성산포에서는
설교를 바다가 하고
목사는 바다를 듣는다
기도보다 더 잔잔한 바다
꽃보다 더 섬세한 바다
성산포에서는
사람보다 바다가 더
잘 산다.

저 세상

저 세상에 가서도
바다에 가자
바다가 없으면
이 세상 다시 오자.

1988년 봄 충남 대천에서 서울로 이사 온 후 첫 직장은 봉제공장의 '시다'였습니다. 과외가 금지된 지 9년! 나는 정말로 가난했습니다. 무엇이든 해야 했던 시절이었으니까요. 하루 12시간씩 일하고 15만 원을 받던 날의 행복을 잊지 못합니다. 그 절망의 날에 영혼의 빛 같은 시 낭송 한 편을 듣게 됐는데, 젖은 삶이었기에 젖은 목소리가 그렇게 깊이 파고들었을까요. 「그리운 바다 城山浦」라는 시집이었고 윤설희의 목소리는 시와 달리 물먹은 솜이었지요. 시인이 제주도 성산포에 머물며 쓴 시를 몇 편씩 낭독한 것인데 그럼에도 1~5편을 얼마나 들었던지 시집 한 권을 거의 다 외울 정도였지요. 시인과 연락하는 사이가 되었고 그때부터 나도 언젠가는 성산포에 가 보리라 벼르기 시작했지요. 막상 그날이 왔을 때 시인의 눈길이 닿았을 구석구석을 훑었지만, 나에게는 아무런 시적(詩的) 감흥이 일어나지 않았습니다. 천생 나는 시인이 아니었지요. 그렇지만 지금까지 나는 이 시집을 가장 좋아합니다. 전국의 섬을 떠돌아 '섬 시인'이라는 별칭을 얻기도 했던 2024년 올해 96세인 이생진 시인! 삶을 파고드는 시인의 깊이는 그 얼마일까요. 시상(詩想)은 떠오르지 않고 동행자들의 기다림만 생각났던 성산포 앞바다에서의 한숨이 물거품처럼 밀려옵니다.

젓갈

이대흠(李大欽 · 1967~)

어머니가 주신 반찬에는 어머니의
몸 아닌 것이 없다

입맛 없을 때 먹으라고 주신 젓갈
매운 고추 송송 썰어 먹으려다 보니
이런,

어머니의 속을 절인 것 아닌가.

된더위, 혹서(酷暑), 불볕더위, 폭염(暴炎) 등은 모두 같은 말입니다. 일반적으로는 장마가 끝나고 광복절 전후까지를 이르는 말이지요. 올해(2024년)는 예년에 없던 이상 기후로 가장 혹독한 여름을 나고 있습니다. 지역에 따라 40도까지 오르는 상황에 밤에도 30도에 육박하는 열대야에 잠을 설치는 경우 또한 흔합니다. 에어컨을 켜지 않고서는 방 안에 있을 수도 없는 시대가 되었습니다. 그 옛날 냉장고가 없던 시절, 어머니들은 어떻게 이 여름을 나셨을까요. 우리 집안만 하더라도 어제 담갔던 김치는 아예 잡수시질 않는 독특한

식성의 할아버지로 인해 여름이 돌아오면 어머니와 작은어머니는 매일 김치를 담가야만 했다고 합니다. 그 고충이 얼마였을지 짐작하기조차 어렵지요. 절구통에 보리를 찧어 삶아 밥을 해야 하는 힘든 상황에 장마철이면 땔감으로 쓰는 눅눅해진 보리 짚단은 불을 피우지 않는 다른 아궁이에서 검은 연기가 나올 때 한 끼 밥을 하기는 얼마나 어려웠을까요. 그 연기가 불을 지피는 옆 아궁이 속으로 빨려 들어가면 잘 타던 불이 꺼지는 현상이 발생하는 것은 경험해 본 사람은 알지요. 한국은 염장(鹽藏) 문화가 발전한 대표적인 나라입니다. 냉장 보관을 할 수 없는 시대의 자화상이지요. '먼 데 섬은 먹색이다/들어가면 꽃섬이다'라는 시인의 〈꽃섬〉을 떠올리며 그 어머니의 짭짤한 여름 젓갈이 먹고 싶어집니다.

엄마의 런닝구

배한권(경북 경산군 부림초등학교 6학년-87년)

작은누나가 엄마 보고
엄마 런닝구 다 떨어졌다
한 개 사라 한다
엄마는 옷 입으마 안 보인다고
떨어진 걸 그대로 입는다

런닝구 구멍이 콩만하게
뚫어져 있는 줄 알았는데
대지비만 하게 뚫어져 있다
아버지는 그걸 보고
런닝구를 쭉 쭉 쨌다

엄마는
와 이카노
너무 째마 걸레도 못 한다 한다
엄마는 새걸로 갈아 입고
째진 런닝구를 보시더니
두 번 더 입을 수 있을 낀데 한다.

* 런닝구: 속옷.

* 대지비: 대접.

* 입으마: 입으면.

　　지난 60~70년대는 너나없이 가난했습니다. 전쟁을 겪은 후였고 풍요와는 거리가 멀었지요. 우선 먹을 것이 귀했습니다. 돈을 가지고도 살 수가 없었으니까요. 이웃 나라들과 외교가 없던 시절이라 쌀·보리·밀·조·콩과 같은 5대 곡물을 비롯해 자급자족해야 하는 상황이었으니까요. 여름철 쌀밥을 먹는 집은 거의 없었습니다. 그래도 우리 집은 쌀을 섞는 정도였지만 이웃 중에는 아예 보리쌀만 넣고 밥을 하는 경우도 많았지요. 식구 수 대로 밥을 해서 먹고 남은 밥은 남겨 놓았다 점심때 먹는데 쌀은 구경조차 할 수 없는 시절이라 찬밥일 때 보리밥 덩어리는 실로 시커멓고 단단했습니다. 그렇게 어렵고 힘든 시절을 보냈지요. 양말을 비롯하여 옷을 기워 입는 것은 흉이 아니었습니다. 대부분 그렇게 했으니까요. 걸레는 헤져 더 이상 못 입는 옷이었지요. 이 작품 속에 주인공네도 그랬던 모양입니다. 초등학교 6학년 학생이 쓴 작품인데 집안에서 있었던 이야기를 그냥 가감 없이 적은 것인데 멋진 시가 되었어요. 이런 시가 좋은 작품입니다. 꾸미지 않고 그냥 있는 그대로 표현했는데 감동이군요. 아주 생생해요. 바로 눈앞에서 펼쳐지는 것 같은 현실감이 훌륭합니다. 이 학생의 이후는 알 수 없으나 계속 시를 썼다면 정말 좋은 작품을 쓰지 않았을까 싶습니다. 질펀한 사투리가 이렇게 정감이 가기는 또 얼마 만인지요.

노년의 단상(斷想)

최영석(崔永錫 · 1945~)

고즈넉한 길가에
벚나무 가로수 정겹다
세월의 무게가 힘에 겨운
아름드리 고목들

나무마다 여기저기
찢기고 병들어 썩은 모습
만고풍상 겪어 온
우리네 가슴속 같구나

질긴 생명의 기운이
꽃망울을 부풀리고
춘삼월 훈풍에
화사한 자태 뽐내면
우리네 메마른 가슴에도
봄꽃이 피어날 게다

세월을 거슬러
풋풋했던 그 시절로

다신 돌아갈 수 없지만
늙은 등걸에 피어난
노년의 기품 어린
한 송이 꽃이고 싶어라.

　일생을 열심히 살아온 사람만이 쓸 수 있는 작품이 아닐 수 없습니다. 실은 이런 시가 좋은 작품이지요. 글 전체에 어떤 문학적인 어휘나 난해한 용어도 없지만 전혀 아쉽다는 생각이 들지 않습니다. 이것으로 충분하기 때문이지요. 시를 어렵게 써야 한다는 것에 반대합니다. 정형시(定型詩)가 아닌 다음에야 문학의 이론이나 어떤 형식에 짜맞춰야 하는 글은 자유롭지 못하지요. 시인의 회상(回想)과 소망(所望)이 아름답습니다. 세월과 함께 치열하게 살아온 삶의 무게를 줄이며 욕심을 내려놓고 그동안 바쁘다는 핑계로 하지 못한 악기를 배우는 등 취미 활동을 시작하는 그 여유는 아무나 누릴 수 있는 축복이 아니지요. 평소 덕(德)을 쌓아 온 사람만이 노년에 진정한 자기(自己)와 삶을 만날 수 있는 것이 아닌가 싶습니다. 덕으로 얻은 것만이 부동이라 생각합니다. 세상에서 행복한 생활이란 덕에 의해서의 삶이라고 할 수 있지요. 플라톤은 「國家論」에서 "덕은 일종의 건강이며, 미(美)며, 영혼의 좋은 존재 형식이다."라고 말했지요. 겸손에서 모든 덕이 생긴다고 할 때 적덕유인(積德有隣, 덕을 쌓으면 이웃이 있다)의 삶은 생의 표본이 아닐까 싶습니다.

초가을의 창

최진규(崔振圭 · 1952~)

등나무 아래 쉬던 여름이
꿈을 붙이는 동안
고추잠자리 유희에 홀린 가을 자락이
호수에 씻겨 하늘도 푸르다

소나기에 개운한 오후
너와지붕 위 뽀얗게 피어나는 그리움이
너울처럼 밀려드는데
느긋한 황소의 게으름을 쫓는 쇠파리들이
총채 하나 들고 펑퍼짐한 뒤뜰 쓸고 있다

방실
코스모스의 태에 홀린 노을은
시샘에 내달린 색바람 눈초리에
두근두근 애태우는데
아쉬움에 눈시울 붉힌 해는
별 그림자로 장면을 지우고 있다.

시인의 눈에 비친 초가을의 창이 고요합니다. 하루 일과를 끝내고 기도하는 모습만큼이나 잔잔한 평화가 느껴지네요. 아주 오래전 우리나라에 노인을 위한 요양원이라는 기념조차 없을 때 충북괴산에 터를 잡고 초석(礎石)을 놓은 시인. 노인들의 변을 향기로 여기며 돌본 역사의 증인이 바로 시인입니다. 그것은 결코 쉬운 여정이 아니었음을 이제는 모르지 않습니다. 선각자의 길은 언제나 외로운 법이지요. 신앙의 힘이 아니었으면 결코 이룰 수 없었던 인간애의 지난한 역사였지요. 시인은 오늘도 바쁩니다. 신앙의 씨앗을 심는 '씨뿌리기' 사업은 그의 삶을 분주하게 하지만 시인의 사명은 찬란한 빛으로 빛납니다. 생명(영혼)을 살리는 일만큼 소중한 일이 어디에 또 있을까요. 노년의 삶이 바쁠 수 있다는 것은 참으로 큰 축복이 아닐 수 없습니다. 할 일이 있다는 것이지요. 사명이 있다는 것은 삶에 가장 큰 의욕을 주고 활력을 주지요. 생의 마지막까지 붙들고 있어야 하는 것은 바로 그 '할 일'이 아닌가 싶습니다. 삶을 무력하게 하는 것은 할 일이 없다는 것이지요. 일이 있는 사람은 얼굴빛이 다릅니다. 생기가 돌지요. 특별히 노인의 일은 빼앗지 말 일입니다. 우리나라는 물론 세계로 지경을 넓혀 온 시인의 사명에 박수를 보내며 응원하고 기도합니다.

노인이 된다는 것

한경재(韓敬載 · 1954~)

노인이 된다는 것은
푸르렀던 시간이 살 같이 지나고
저마다의 색깔로 물들여 온 시간

노인이 된다는 것은
기다릴 줄 아는 지혜
그것은 현자가 되는 일이기도 하다

노인이 된다는 것은
얼굴에 주름만큼이나 세상을 보는 눈이 깊어져
어두운 곳을 밝게 바꿀 줄 아는 것

노인이 된다는 것은
살아오면서 쌓았던 것들이
헛되고 헛됨을 아는 것

노인이 되었다고
실눈을 뜨고 세상을 보면
좁아진 생각에 평화란 멀리 있고

노인이 되었다는 것은

책임져야 하는 일이 많아졌다는 것
그러나 그 책임은 조용하게

노인은 살아온 세월만큼
끝없이 지식을 탐구하며 노래할 줄 아는 것
그것은 늙는 것이 아니라 잘 익어 가는 것이리라.

　인간의 길이며 생로병사의 피해 갈 수 없는 숙명(宿命)임엔 틀림없습니다. 세상의 이치와 다르지 않지요. 인간을 포함한 만물은 세월과 함께 나이를 먹고 늙어 갑니다. 부정할 수 없는 신의 섭리지요. 그렇다면 어떻게 나이를 먹어야 할까요. 시인은 작품 속에 그 해답을 모두 담고 있군요. 혜안이 아닐 수 없습니다. 노인은 도서관과 같다는 생각을 늘 합니다. 늙어 가는 사람만큼 인생을 사랑하는 사람이 또 있을까요. 노인을 진정으로 이해하는 사람이 극히 드문 세상에서 어떻게 나이를 먹어 가야 할 것인가는 모두의 과제가 아닐 수 없네요. 인간은 이상을 포기하기 때문에 늙는 법인데 무거운 짐을 지고 길을 가는 모습만은 눈에 띄지 않게끔 준비해야 한다는 생각도 듭니다. 주머니가 비어서도 안 되겠지요. '노인의 머리, 청년의 손(Old head and young hand).'이라는 영국 속담도 떠오르네요. 노인은 지혜가 많다는 뜻이겠지요. 노인은 아무짝에도 쓸모없는 사람이 아닙니다. 품위 있게 나이를 먹는다는 것은 그래서 대단히 중요하지요. 물질의 소유로만 평가하려는 세상의 흐름을 아파할 가슴조차 상실한다면 얼마나 슬플까 싶습니다. 나도 나이를 먹습니다. 소망은 곱게 늙어 가는 것이군요.

내 소원

최유진(崔裕珍 · 2000~　)

걸을 수 있다면 얼마나 좋을까?
만약 걷게 된다면 세계를 일주하는 모험가가 될 테야

왜냐하면,
앉아서 본 세상이 너무 작아서야

걸을 수 있다면 어려운 이웃을 돕는
봉사자가 될 테야

왜냐하면,
받은 사랑을 돌려주고 싶어서야

걸을 수 있다면
친구와 손잡고 넓은 들판을 힘차게 달려 볼 테야

왜냐하면,
느끼지 못한 설렘을 느껴 보고 싶어서야.

맑은 소원(所願)이 있다면 바로 이런 경우겠지요. 당장은 이룰 수 없는 이상이나 유토피아처럼 들리기도 합니다. 하지만 몸이 불편한 사람에겐 맑은 소원이며 소망이지요. 비장애인들에겐 정말로 아무것도 아닌 가장 소소한 일상일지 모르지만, 장애인들에게는 넘을 수 없는 꿈이며 벽(壁)이기도 하지요. 하지만 시인은 건널 수 없는 강(江)처럼 절망만 하고 있지 않습니다. 꿈을 꾸지요. 현실의 벽이 아무리 높아도 꿈을 꿉니다. 그 꿈이 또 다른 꿈을 꾸게 하고 필경은 삶의 의욕과 소망으로 실현되지요. 꿈을 꾸지 않으면 아무 것도 이룰 수 없습니다. 이렇게 글을 쓴다는 그 자체만으로도 찬란한 햇빛처럼 아름답고 빛나네요. 중증의 장애를 이기며 공부의 끈을 놓지 않고 대학에서 문예창작을 공부한 후 문단에 등단하기까지 시인의 번뇌가 전해 옵니다. 건필과 건강을 빕니다.

친밀한 타인

설미희(薛美姬 · 1965~)

눈을 떴다
온 우주에 손가락 하나
까닥할 수 없는
몸만 둥둥 떠 있다
유일하게 감각이 살아 있는
이 잔인한 귀도 눈을 뜬다

지금은
남의 손이 아니면
소변조차도 뽑아낼 수 없는 몸뚱아리

알람 소리에
감정 없는 기계적인 메마른 손길이
아랫도리에 관을 꽂는다

바우처 카드 720시간
늙은 여자가
친절하게 바코드를 찍는다

연명을 위해

얼마의 돈이 필요해서
소변 줄을 꽂아 주고 있을까

집 안 가득
소변 줄을 타고
아직 살아 있다는
존재의 냄새가 난다.

---

* 2022 구상솟대문학상 대상 수상작.

흔하지는 않지만, 작품을 읽으며 숨이 멎는 듯 충격을 받을 때가 있습니다. 개인적으로는 에밀리 디킨슨의 〈If I can…〉과 윌리엄 블레이크의 〈순수를 꿈꾸며〉, 랭보의 〈지옥에서 보낸 한 철〉 등의 작품을 읽었을 때가 바로 그런 경우였지요. 이렇게 절절하고 가슴 속을 파고드는 시를 언제 읽었던가 싶기에 잔영은 오랫동안 남았습니다. 그냥 먹먹했고 아무 생각도 떠오르지 않았지요. 삶은 누구에게나 힘겹습니다. 어깨가 무겁지 않은 사람은 아무도 없지요. 거기에 장애를 안고 산다는 것은 말해 무엇하겠습니까. 비교할 수 없지요. 삶의 대가가 그만큼 깊다고 할 수 있지요. 하지만 시인은 노래합니다. 이렇게 표현하고 있네요. 어느 것 하나 숨기지도 않습니다. 다 드러냅니다. 아프다고 불편하다고 징징 울고만 있지 않습니다. 당당하게 드러내 놓고 이렇게라도 생을 붙잡고 살고 있노라고 외칩니다. 생명, 그 산다는 것의 의미를 다시 생각하게 하지요. 그런데 아름다워요. 그 눈물을 사랑합니다.

어머니, 그리고 아들의 길

-강남국 수필가

정혜숙(鄭惠淑 · 1945~   )

어머니가 오시나 보다
저만치
어머니의 고무신
발자국 소리가
새벽잠을 깨우네

서둘러 마중 나가야지
가루분
뽀얗게 펴 바르고
쪽찐 머리에
은비녀 꽂은 어머니
하얀 비단옷
새로 지어 입고
밤길 에돌아
딸네 집 나들이 왔네

나 어릴 적 어머니가
뜨락에 꽃으로 왔네.

〈1990년 4월 30일, 그날〉
강남국

하늘은 잔뜩 흐려 있었습니다. 아들의 병간호를 위해 고향 삼시 도에서 올라오신 어머니와 나는 한껏 들떠 있었지요. 다음 날 수술이 예정돼 있었으니까요. 만 2년을 기다렸던 날. 태어난 지 서른네 해! 걷는 것은 고사하고 과연 서 볼 수 있는 역사를 이룰 수 있을까. 서로 말은 하지 않아도 어머니와 나는 그 마음 하나로 가득 차 있었습니다. 여수행 비행기가 서울을 벗어날 때쯤, 어머니한테 밖을 보라고 했습니다. 거기엔 끝없이 펼쳐진 하얀 구름이 장관이었지요. 어머니, 저게 구름이에요 구름! 한동안 쳐다보시던 어머니는 꼭 '목화밭(Cotton Field)' 같다 하셨지요. 그 순백(純白)의 깨끗함이 축복해 준 탓인지 나는 그해 여름 첫발을 지상에 남겼고 처음으로 서서 오줌을 누었으며 걷는 역사를 이뤘습니다. 마지막 한 번의 수술을 남겨 놓은 채 두 번의 수술을 끝으로 그해 11월 서울로 돌아왔지요. 김포공항에 도착했을 때 형제들은 물론 작은아버지 한 분은 서울에 사는 당신의 아들딸 모두 불러 목발에 걸어 나오는 나를 응원해 주셨습니다. 형수님의 눈물도 잊을 수 없고요. 기어다니던 모습밖에 본 기억이 없는 모두는 기적이라 했지요. 14년 전 그 어머니 돌아가시고 꼭 34년의 세월이 흘렀지만, 오늘도 나는 첫 수술실에서의 '서원(誓願)기도'의 몫을 다하려 무료 교육장을 향합니다. (2024. 4. 24.) * 강남국 작가의 짧은 이 글을 읽고 쓴 시.

아버지

이태규(李台圭 · 1946~   )

바깥마당에 서 있던 느티나무가
태풍을 이기지 못하고 쓰러졌다
울안을 데우고
뒤주를 채워 주던 느티나무

밑동을 자세히 살펴보니
속은 텅 비고 뿌리는 썩었고
껍질은 숭숭 구멍이 뚫렸다
매년 피어나는 잎만 보고
눈길 한번 주지 않았는데…

느티나무가 언제
내게 이 깊은 뿌리를 내렸는가
깊이깊이 가슴이 허하다
오늘은 느티나무 장삿날

아버지의 시계는
중천에 뜬 오뉴월 태양인데

아버지 뒤주에서 쌀을 퍼다 젯밥을 짓는다.

우리 집은 가난했습니다. 아버지는 8남매의 장남으로 태어나 십대 시절 남의 집 허드렛일을 돕다가 그 댁 어른의 눈에 띄어 둘째 딸과 결혼하셨지요. 어머니는 싫다고 울며불며 완강히 반대했지만, 외할아버지의 명을 거역할 수는 없었다고 합니다. 중증의 장애 가진 아들이 커 가면서 부모님의 고민은 깊어져 갔지요. 당신들이 살아생전에는 밥을 먹여 주겠지만 그 이후엔 길이 보이지 않아서였지요. "남국이에게 논 열 마지기(이천 평)만 물려주면 누군가가 평생 밥을 해 줄 텐데."라는 것이 당시 아버지의 생각이었지요. 그 꿈을 이루기 위해 아버지는 어머니를 졸라 칠 남매를 데리고 외가 근처인 안면도로 이사를 가게 됐지요. 그곳에서 아버지의 꿈은 이루어지는 듯했지만, 그것은 신의 뜻이 아니었습니다. 아버지가 섬기던 교회 샘을 파던 중 11미터 낭떠러지로 추락했고 이후 서울대학병원에서 40일 만에 퇴원하셨는데 당시는 의료보험이 없던 70년대 초반이었으니까요. 그래도 빚 얻어 짓는 농사에 희망을 걸고 있을 무렵 밀물과 썰물의 차이가 최대가 되는 7월 백중사리에 바닷물을 막고 있던 원 둑(뚝-방파제·방조제)이 터져 집은 물론 삶터를 완전히 잃으면서 꿈은 산산조각이 나고 말았지요. 1981년 63세로 세상을 떠나신 아버지! 백사장에 헬리콥터가 왔던 날 '업혀라.' 한마디에 두근거리며 업혀 갔던 그날, 그 따뜻했던 아버지의 등을 잊지 못합니다.

인생 소풍

이계훈(李溪勳 · 1945~)

우리 인생 하나같이
이 세상에 오면은
흐르는 세월 타고
긴 여행을 하네
가지각색 서로 다른
운명의 방향키를
하나씩을 들고서는,
보시오 그런데 거기 누구 없소
이 세상 평화롭고 아름다운
소풍 끝나면
우리 모두 다 함께
환호하며 천국 낙원
갈 수 있는
희망에 열쇠 말이오
그걸 알면 어서 알려 주시오.

　이계훈 시인의 작품은 잔잔한 물결 같습니다. 특별한 것도 없고
화려한 것도 없지요. 그냥 일상이 펼쳐집니다. 특별히 시(詩)를 배

운 적도 없고 자칭 시인이라고 내세우지도 않습니다. 주부로 살아온 평생의 삶을 풀어 놓듯 그렇게 시를 쓰지요. 그런데 놀라운 것은 거기에 철학이 깃들어 있다는 사실입니다. 인생철학이지요. 희로애락이 없는 인생이 어디 있을까요. 인생의 파고가 심하면 심할수록 회상의 언덕에서 바라보는 세상은 더 아름다운 것 같습니다. 모진 풍파가 그렇게 만들었을까요. 〈인생이란 씨앗〉이란 작품에서는 "… 이 세상 그 모진 비바람 속에/한 일원으로/내 목표와 사명감에/이탈하지 못하고/가녀린 들꽃 한 송이 피우기 위해/한도 많은 눈물로/내 인생 종착역에 도달하니/나 비로소/안도에 한숨 내뿜으며/양심에 평화를 내 마음 안에다/한 아름 선물로 받아 안네"라고 읊고 있습니다. 아는 것보다는 표현할 수 있다는 것이 얼마나 감사한지요. 가슴속 언어를 끄집어 낸다는 것은 건강한 정신의 초석이 아닐 수 없지요. 살아온 여정을 이렇게 잔잔히 시로 풀어내는 삶이 아름답습니다.

모과

김영숙(金英淑 · 1973~)

남부럽지 않은
덩치를 가졌어

매끈한
피부도 가졌고

천리향 못지않은
향도 지녔거든

억울한 건
생김새로
비교당하는 거야.

생(生)을 불행하게 하는 것이 무엇일까요? 전에는 아집, 독선, 편협이라고 쓴 적이 있습니다. 그런데 세월이 흐르니 '두 개 이상의 사물을 견주어 봄'이란 뜻을 가진 비교(比較)가 아닐까 싶네요. 영어로는 Comparison이지요. 사전에는 '견주어 봄', '두 개, 또는 두

개 이상의 사물의 비슷한 점, 또는 차이점을 발견하기 위하여 주의 깊게 여러 가지로 고찰(考察)함' 이희승 「국어대사전」(둘 이상의 사물을) 서로 견주어 보는 것. 「연세한국어사전」 등으로 풀이하고 있네요. 비교는 행복을 빼앗는 적(敵)입니다. 비교하면 불행해지지요. 비교만큼 무서운 것이 없어요. 일찍이 F. 베이컨은 「隨筆集」에서 '질투는 항상 남과의 비교에서 생기며, 비교가 없는 곳에는 질투도 없다.'라고 했고 이어령은 「證言하는 캘린더」에서 '사람이 살아간다는 것은 어려운 일이다. 자기 혼자 살아가는 것이 아니라 늘 남과 비교를 하면서 혹은 경쟁을 하면서 생활해야 한다. 어린애들은 어린애들끼리, 어른들은 어른들끼리 이 비교 의식 때문에 더욱 산다는 것은 괴롭기만 하다. 아래는 보지 않고 위만 보면서 살아간다. 그러므로 현재의 자기에 만족하는 사람은 아무도 없는 것 같다.'라고 했지요. "사람들을 불행하게 만드는 것은 비교이다(It is comparison that makes man miserable)."라는 영국 속담이 정답인 것 같습니다.

눈물의 자유(自由)

김우식(金宇植·1944~　)

뇌성마비 손자
내게 고통을 주지만

그놈은
내게 自由를 주었다

도통한 말씀
진리가 自由는 아니었다

사랑과 자비
고행의 自由 아닌가?

그놈이 선물한
고통과 번뇌가 自由다

그놈은 내 피, 갈빗대
쏟아지는 눈물이
나를 自由롭게 했다.

시(詩)를 몰랐던 시인! 시를 어떻게 쓰는지도 모르고 썼던 시인. 시라는 생각조차 하지 못하고 썼던 글이었습니다. 현실의 아픔이 너무 커서 끄적이지 않고는 잠들 수 없는 불면의 밤이 계속될 때 쓰기 시작했던 글이었지요. 출근하던 아내의 갑작스러운 죽음과 최중증 장애를 안고 태어난 손자, 그리고 이혼한 딸의 파괴된 가정사의 아픔이 그의 손끝에서 하나둘 쏟아져 나오기 시작했지요. 불면의 밤을 이기기 위한 몸부림 같은 기록이었습니다. 어느 날 누군가가 눈물 젖은 그 공책을 들여다본 후, 시라 불러 줬을 때 그는 손사래를 쳤습니다. 자기는 시를 쓴 것이 아니라 내 생의 아픔과 절망을 쓴 것이라고. 인생이 고해의 바다라는 것을 모르지는 않지만 이렇게 야속한 생이 무엇인가 쓰지 않고서는 견딜 수 없어 썼노라는. 아, 그러나 그것은 가장 절실한 한 사람의 피눈물이었습니다. 글자의 나열이 아니었지요. 각혈하며 썼기에 시가 되었고 울림이 큰 언어의 집이 되었습니다.

어떤 대화

최명숙(崔溟淑 · 1962~)

소나기 내리는 날 버스에서 내려
찻집의 처마 밑에 섰다
지나가는 비라 하지만
머리도 젖고 신발도 젖었다
어깨 위에 비를 툭툭 터는데 말이 들렸다
"많이 젖었지?"
"네, 갑자기 내려 놀랐네요."
손에 판촉물을 든 허리 구부정한 노인 곁에
어린 청년이 서 있었다
"곧 비가 그칠 테니 괜찮아, 저쪽 하늘을 봐."
"에휴, 타야 하는 버스가 가 버렸네요."
"살다 보면 만나는 게 어디 소나기뿐인가
그러면서 사는 거지."
"네⋯⋯."
"놓친 버스도 곧 늦지 않게 올 거야."
소나기는 곧 그쳤다
그리고 하늘이 파랗게 드러났다
노인은 판촉물을 다시 나눠 주고
청년은 기다리던 버스를 타고 갔다

곧
저쪽에서
올 것들도 보였다.

_〈어떤 대화〉
「사람이 사람에게로 가 서면」(도반/2023) 전문

인간사에 순리(順理)만큼 아름다운 것이 또 있을까 싶습니다. 매사 일희일비(一喜一悲)하지 않는 성품을 갖는다는 것은 이 바쁜 시대에 좀처럼 쉽지 않을지도 모릅니다. 하지만 조바심 낸다고 해결될 수 있는 것도 아니면서 오늘을 너무 급하고 바쁘게만 살고 있다 싶기도 하네요. 너나없이 너무 바쁜 일상을 삽니다. 무엇에 그렇게 쫓기며 사는지 자신도 모를 때가 너무 많아요. 거대한 시대의 흐름(時流) 때문일까요. 농부들의 기다림을 다시 배우고 싶어집니다. 아무리 바빠도 바늘귀에 실을 꿰어야 사용할 수 있듯 잃어버린 여유를 회복하고 싶어집니다. 대화가 맑습니다. 닮고 싶어요. 어떻게 하면 나도 이런 여유와 마음으로 세상을 살아갈 수 있을까 싶네요. 삶의 여유는 그냥 저절로 생기는 것이 아니지요. 철학이 필요합니다. 매사 긍정으로 세상을 바라보는 관점 또한 중요하겠지요. 그리고 다시 배울 것은 감사입니다. 지금 내가 있는 자리가 바로 '꽃자리'임을 감사해야겠어요.

시와 평생

김진태(金珍泰 · 1961~)

시 한 편 쓰는데
열흘 걸렸다
평생 걸리는 인생보단
수월하였다

조개 한 망태 캐는데 어머니는
한 사리 걸렸다
평생 걸리는 조개잡이는
힘이 들겠다

아들은 맨날 방바닥에 엎드려
시만 쓰고 술만 먹어
돈이 없다고,
어머니가 사철 갯바닥에 쪼그려
장화 신고 호미 들어
아들 돈 되는

조개만 캐댔다

부양이 얹혀사는 봉양 집에서
아들은 시만 쓰고
어머니는 갯바닥 파는 데만

평생 걸렸다.

   세상에서 가장 어려운 질문이 무엇일까요? 아마도 '삶이 무엇인가?(What is life?)'가 아닐까요. 철학책이 두꺼운 이유는 대답하고 싶기 때문일 겁니다. 그럼에도 책은 여전히 5~600페이지가 기본이지요. 어느 땐 수학처럼 그렇게 간단명료하게 정의될 수 있다면 좋겠습니다. 꿈이지요. 평생을 살아도 아무리 높은 견지에서 생을 바라봐도 그것 또한 만인에게 답이 될 수는 없다는 사실 앞에서 질문의 무게를 체감하고 실감합니다. 생을 알면 어찌 대답을 못할까요. 그러니 당연히 죽음(死) 또한 알 수가 없지요. 안다고 해도 실체의 밑바닥을 헤집기는 쉽지 않습니다. 생은 오늘도 여전히 갈급합니다. 목이 말라요. 그래서 해답 없이 산다는 것은 외로운 것이지요. 죽음에 의해서 환원은 완성되는 세상의 이치 앞에 놀랄 때도 많습니다. 삶에 관해서 생각하는 것을 제외하면 삶에는 아무것도 있지 않지요. E. 캐스트너는 「파비안」에서 "생을 사랑하면서도 생과 심각한 관계를 맺지 않으려는 것은 죄일는지도 모른다."라고 했고 톨스토이는 〈참회(懺悔)〉에서 "삶의 의문에 관한 나의 탐구는 마치 내가 깊은 숲속에서 길을 잃은 사람이 경험한 것과 똑같은 경험이다."라고 했지요. 정확히 알 수 있는 것 하나는 이 세상에는 헤아릴 수 없는 신비와 고뇌가 넘쳐 흐르고 있다는 단 하나의 사실입니다. 삶의 절망 없이 삶의 사랑은 있을 수 없다는 사실 하나 붙들고 전혜린의 「그리고 아무 말도 하지 않았다」를 다시 읽어 보며 가슴을 칩니다. "열기 있게 생활하고, 많이 사랑하고, 아무든 뜨겁게 사는 것 그 외에는 방법이 없다. 산다는 일은 그렇게도 끔찍한 일 어려운 일이다. 그러나 그만큼 더 나는 생을 사랑한다. 집착한다." 라고.

상선약수(上善若水)

강물은 막힐 때면 돌아서 흘러가고
웅덩이가 깊을 때면 채워서 길을 내듯
"물처럼 산다는 것이 가장 멋진 삶이다"

물은 늘 구분 없이 유연하게 적응한다
둥근 그릇 모난 그릇 어디에나 찾아가서
기꺼이 낮은 곳으로 귀천 없이 담긴다

실개천 작은 물이 흘러서 대양이 되듯
봄·여름·가을·겨울 사계절을 가림 없이
바다는 포용력으로 이 모두를 품는다.

노자(老子)의 「도덕경(道德經)」은 총 81장으로 되어 있는 책이지요. 제8장 첫머리에 나오는 이 말이 그 유명한 "상선약수(上善若水)"라는 구절입니다. 나는 개인적으로 제8장이 이 책 전체를 대변하고 있다고 생각하지요. 다시 읽어 봐도 절창입니다. 절로 고개를 끄덕이지 않을 수 없지요. "물 같이 되어라"라는 것인데 그렇게 살지를 못할까요. 이 책에서 물은 도의 최고 상징입니다. 오강남 풀이 「도덕경(道德經)」에는 물의 역할과 소중함에 대한 자세한 풀이가 인상적이지요. 물은 한마디로 '생명수(water of life)'이며 '생수(living water)'지요. 성경에서도 "맑은 물을 너희에게 뿌려서 너희로 정결하게 하되 곧 너희 모든 더러운 것에서와 모든 우상 숭배에서 너희를 정결하게 할 것이며(I will sprinkle clean water on you, and you will be clean; I will cleanse you from all your impurities and from all your idols /겔 36:25)라는 말씀이 새롭네요. "물처럼 산다는 것이 가장 멋진 삶이다"라는 시인의 사유(思惟)가 선물처럼 다가옵니다.

순수를 꿈꾸며

윌리엄 블레이크 (William Blake · 1757~1827)

한 알의 모래 속에서 세계를 보고
한 송이 들꽃 속에서 천국을 본다
손바닥 안에 무한을 거머쥐고
순간 속에서 영원을 붙잡는다.

To see a world in a grain of sand,
And a heaven in a wild flower,
Hold infinity in the palm of your hand,
And eternity in an hour.

시인(詩人)은 어떤 사람일까요. 나는 이 시처럼 시인을 잘 표현한 작품을 알지 못합니다. 일반적으로 시인은 남들이 보지 못하는 것을 보는 사람이라고들 하지요. 일부는 맞습니다. 나이가 어렸을 때는 시는 뭐 대단히 고상한 언어의 향연쯤으로 인식했던 것 같기도 하네요. 그렇기에 어떤 시인들은 한 편의 작품을 쓰기 위해 독주를 퍼마시며 고뇌하며 쓴다는 표현도 낯설지 않았습니다. 어떤 사람은 머리통을 벽에 쥐어박으며 떠오르지 않는 시어(詩語)와의 만남을 갈구하기도 한다지요. 하지만 세월이 흐르고 나니 어느 시인의 표현처럼 시를 그렇게 어렵게 써야 하는가 싶어지더라고요. 삶을 떠난 시는 생명이 없습니다. 이론적으로는 아무리 완벽한 틀^(문학성)을 갖춘 작품이라 해도 말이지요. 삶이 곧 시가 되고 시가 곧 삶이 되는 그런 시가 나는 가장 좋습니다. 그래서 시를 어렵게 쓰는 난해한 시의 주인공들을 이해하지 못하지요. 좋은 시는 때로 누군가의 말을 그냥 받아적기만 했는데 가히 절창인 경우가 많습니다. 전언 ^(傳言) 속에 평생의 철학이 담긴 경우가 대부분이기 때문이겠지요. 이제 6월입니다. 삶과 시가 하나인 일치된 그런 새달을 살고 싶군요. 이 작품의 원제목은 'Auguries of Innocence'입니다.

바람 속에 답이 있다

밥 딜런(Bob Dylan · 1941~)

얼마나 많은 길을 걷고 나서야

그는 진정 사람 취급을 받을 수 있을까

얼마나 많은 바다 위를 날아야

흰 비둘기는 백사장에서 편안히 잠들 수 있을까

얼마나 많은 포탄이 휩쓸고 나서야

세상에 영원한 평화가 찾아올까

얼마나 오랜 세월을 살아야

다른 이들의 울음소리를 들을 수 있을까

친구여, 그 답은 바람 속에 있습니다

그건 바람만이 대답할 수 있습니다. (부분)

How many roads must a man walk down

Before you call him a man

How many seas must a white dove sail

Before she sleeps in the sand

How many times must the cannonballs fly

Before they're forever banned (…)

How many years must one man have

Before he can hear people cry (…)

The answer, my friend, is blowing in the wind
The answer is blowing in the wind.

　내가 이 노래를 처음 들은 것은, 1972년 여름이었습니다. 16세 때였지요. 객지 생활 여덟 달쯤이었는데 여름방학을 맞아 서울의 한 대학에서 30여 명의 학생들이 내가 머물던 주인집에 방을 얻어 피서를 왔습니다. 당시 나는 주인집 작은 가게에서 점원 생활을 하던 때였는데 그들은 밤낮 가리지 않고 기타를 치면서 떼창을 하곤 했습니다. 그들이 부른 노래 중 한 곡이었지요. 그것이 너무 부러웠던 나는 배움의 각오를 더 하며 기타를 배우기 시작했지요. 하지만 이 노래는 부르기는 쉬운데 해석은 몇 십 년이 흘러도 쉽지 않았습니다. 다분히 철학적인 사유가 깔린 가사였기 때문이지요. 1962년 4월 16일 단 10분 만에 이 노래를 썼다고 전해지는 그는 가수고 작곡가이자 시인이며 화가입니다. 열 살 때부터 시를 쓰기 시작했다고 하지요. '위대한 노래 500곡' 중 14위에 올랐던 노래이기도 합니다. 그의 노랫말은 미국 고등학교와 교과서에 실릴 정도로 문학적 가치를 인정받고 있던 차 2016년 노벨 문학상을 수상했습니다. 세월이 흐른 지금도 기타를 잡으면 종종 치면서 가사를 음미하는데 그 심연은 심해처럼 깊습니다.

모래톱을 건너서

알프레드 테니슨(1809~1892)

해는 지고 저녁별 반짝이는데
날 부르는 맑은 음성 들려오누나
나 바다 향해 머나먼 길 떠날 적에는
속세의 신음 소리 없길 바라네

움직여도 잠자는 듯 고요한 바다
소리 거품 일기에는 너무 그득해
끝없는 깊음에서 솟아난 물결
다시금 본향 찾아 돌아갈 적에

황혼에 들려오는 저녁 종소리
그 뒤에 밀려오는 어두움이여
떠나가는 내 배의 닻을 올릴 때
이별의 슬픔일랑 없길 바라네

시간과 공간의 한계를 넘어
파도는 나를 멀리멀리 싣고 갈찌나
나 주님 뵈오리 직접 뵈오리
하늘나라 그 항구에 다다랐을 때.

Sunset and evening star,

And one clear call for me!

And may there be no moaning of the bar,

When I put out to sea,

But such a tide as moving seems asleep,

Too full for sound and foam,

When that which drew from out the boundless deep

Turns again home.

Twilight and evening bell,

And after that the dark!

And may there be no sadness of farewell,

When I embark;

For though from out our bourne of Time and Place

The flood may bear me far,

I hope to see my Pilot face to face

When I have crossed the bar.

　세상에 영원한 것은 없습니다. 시인 예이츠는 사람이 죽음을 창
조했다고 했지만, 하나님의 섭리지요. 인간을 비롯한 태어난 만물
은 언젠가는 없어지는 소멸을 피할 수 없지요. 생명 있는 모든 것
이 다 그렇습니다. 생각하면 죽음처럼 아름다운 섭리가 없다 싶기

도 해요. 그럼에도 어떤 사람들은 죽는다는 사실을 종종 잊고 평생을 살지요. 어리석은 일입니다. 지혜가 부족한 탓일까요. 죽음의 그날까지 그것을 받아들이지 못하는 삶은 그들의 언행(言行)으로 나타납니다. 장례식장과 지인들이 하나둘 세상을 떠나는 모습을 보면서도 깨닫지를 못하는 경우 또한 많습니다. 그렇게 숱하게 알려주건만 내가 죽는다는 사실 하나를 상실한 채 산다는 것은 안타까운 일이지요. 죽음을 통해 인생의 가장 아름다운 겸손을 배웁니다. 성경에는 "사망아, 너의 이기는 것이 어디에 있느냐"고 했고 앙드레 지드는 「지상의 양식」에서 "삶만이 유일한 재산이라는 것을 그대는 깨닫지 못하고 있는 것이다. 삶의 가장 짧은 순간일지라도 죽음보다 강하다."라고 했지요. 파스칼은 "사람은 다만 혼자서 죽을 것이다."라고 했고 안병욱은 「행복의 미학」에서 "죽음은 아무 예고도 없이 홀연히 우리를 찾아온다. 그것은 피할 수 없는 인간의 한계 상황이다."라고 했지요.

이니스프리의 섬

윌리엄 버틀러 예이츠 (1865~1939)

나 지금 일어나 가려네. 이니스프리로
거기 싸리와 진흙으로 오막살이를 짓고
아홉 이랑 콩밭과 꿀벌통 하나
그리고 벌들이 윙윙거리는 속에서 나 혼자 살려네

그리고 거기서 평화를 누리려네. 평화는 천천히 물방울같이 떨어지려
니
어스름 새벽부터 귀뚜라미 우는 밤까지 떨어지리니
한밤중은 훤하고 낮은 보랏빛
그리고 저녁때는 홍방울새들의 날개 소리

나 일어나 지금 가려네, 밤이고 낮이고
호수의 물이 기슭을 핥는 낮은 소리를 나는 듣나니
길에 서 있을 때 나 회색빛 포도(鋪道) 위에서
내 가슴 깊이 그 소리를 듣나니.

I will arise and go now, and go to Innisfree,
And a small cabin build there, of clay and wattles made;
Nine bean-rows will I have there, a hive for the honey-bee,

And live alone in the bee-loud glade.

And I shall have some peace there, for peace comes dropping slow,
Dropping from the veils of the morning to where the cricket sings;
There midnight's all a glimmer, and noon a purple glow,
And evening full of the linnet's wings.

I will arise and go now, for always night and day
I hear lake water lapping with low sounds by the shore;
While I stand on the roadway, or on the pavements gray,
I hear it in the deep heart's core.

   고향을 떠난 사람은 누구나 향수(鄕愁)병을 앓지요. 가 볼 수 있는 사람은 덜하지만 그렇지 않은 경우엔 더합니다. 도회지의 삶이 힘들수록 고향에 대한 향수는 더하지요. 이 작품을 읽을 때면 워즈워스의 자연시도 그렇지만 소로(Henry David Thoreau)의 「월든(Walden)」이 떠오릅니다. 자연 은거의 소망은 이렇게 모든 사람의 가슴속에 도사리고 있는 것도 같습니다. '이니스프리'는 아일랜드 서부 슬라이고(Sligo) 지역의 길(Gill) 호수에 있는 작은 섬이라고 하지요. 예이츠가 런던에 살 때 깊은 향수에 빠진 나머지 어린 시절부터 자주 찾던 이곳을, 시를 통해 상상했다고 전해집니다. '향수(鄕愁)' 하면 맨 먼저 정지용의 시구가 입가에 맴돌고 '산 첩첩 내 고향 천리

연마는/자나 깨나 꿈속에도 돌아가고파/한송정(寒松亭) 가에는 외로이 뜬 달/경포대 앞에는 한 줄기 바람/갈매기는 모래톱에 헤락 모이락/고깃배들 바다 위로 오고 가리니/언제나 강릉 길 다시 밟아가/색동옷 입고 앉아 바느질할꼬.'라고 읊은 신사임당의 〈사친(思親)〉과 〈동심초〉란 노래로 유명한 설도(薛濤)의 〈춘망사(春望詞)〉도 떠오릅니다.

소네트 18

윌리엄 셰익스피어(1564~1616)

내 그대를 여름날에 비교해 보련다
너 그보다 더 예쁘고 더 화창하다
모진 바람 5월의 꽃봉오리 떨구고
여름철은 너무나 짧은 것을 어쩌랴
때로는 태양 빛이 너무나도 뜨겁고
가끔은 금빛 얼굴에 가려진다
우연이나 자연의 변화로 고움은 상하고
아름다운 모든 것도 가시고 말지만
그대 지닌 영원한 여름은 바래지 않고
그대 지닌 아름다움은 가시지 않는다
죽음도 그대 앞에 굴복하고 말지니
불멸의 노래 속에 때와 함께 살리라
인간이 숨 쉬고 눈으로 보는 한
이 노래 살아서 그대에게 생명 주리.

Shall I compare thee to a summer's day?
Thou art more lovely and more temperate:
Rough winds do shake the darling buds of May,

And summer's lease hath all too short a date;
Sometime too hot the eye of heaven shines,
And often is his gold complexion dimm'd;
And every fair from fair sometime declines,
By chance or nature's changing course untrimm'd;
But thy eternal summer shall not fade,
Nor lose possession of that fair thou ow'st;
Nor shall death brag thou wander'st in his shade,
When in eternal lines to time thou grow'st:
So long as men can breathe or eyes can see,
So long lives this, and this gives life to thee.

가장 많이 읽히는 '연애 시'라고 하면 떠오르는 작품입니다. 소네트는 "짧은 사랑의 노래(a little love song)"란 의미지요. 셰익스피어는 총 154편의 소네트를 썼고, 처음 126개는 젊은 남자를 위해, 나머지 28개는 여자를 위해 썼습니다. 워즈워스는 셰익스피어가 소네트를 통해 '자서전적 빗장을 열었다.'라고 했지만 그렇지는 않다 싶습니다. 시인은 여름은 빌려온 것이라 빨리 자연에 돌려줘야 한다고 하지요. 여기에 등장하는 어떤 여인은 여름날보다 훨씬 더 아름답다는 것을 강조합니다. "인간이 숨 쉬고, 눈이 볼 수 있는 한 이 시가 살아 있는 한, 이 시가 당신에게 생명을 준다."라는 마지막 연은 가히 절창입니다. '죽음의 어두운 그늘 속을 헤맨다'라는 표현은 시편(Psalm) 23:4의 내용도 등장합니다. "내가 사망의 음침한

골짜기로 다닐지라도(Even though I walk through the valley of the shadow of death)"가 바로 그것입니다. 서양 문학의 역사는 성경의 젖을 먹지 않은 것이 거의 없습니다. 성경(Bible)은 인류 역사의 가장 위대한 책이지요.